별 이야기

별 이야기

초판발행 | 2022년 3월 30일
초판 3쇄 | 2023년 5월 10일

지 은 이 | 배은경
펴 낸 이 | 배재경
펴 낸 곳 | 도서출판 작가마을
등 록 | 제 2002-000012호
주 소 | 부산시 중구 대청로 141번길 15-1 대륙빌딩 301호
　　　　서울시 도봉구 도당로 82(방학1동, 방학사진관 3층)
　　　　T. 051-248-4145, 2598　F. 051-248-0723
　　　　E. seepoet@hanmail.net

ISBN 979-11-5606-192-03810　　정가 12,000원

별 이야기

배은경 시집

도서출판

작가마을

2021. 봄.
사납고 짓궂은 봄바람에 처절한 內傷 입었습니다.
낮이면 하늘 바라보는 습관 있는 제가
밤이면 더더욱 밤하늘 별 지켜보게 되었습니다.
눈물로 피 토하듯.

한계 뛰어 넘으라시던
故 유병근 스승님
30년 기다려온 절친 故 金志苑 닥터
친오빠 故 裵基成 교수
고종육촌오빠 故 愼哲撥 사장

연말연시 시집 내겠다 영전들 앞 약속드렸습니다.
광기로 달려왔습니다.

양왕용 스승님

경태석수한석승철규미문 희숙웅 택균서숙우

기훈현출섭윤륜수허규종 일 현혜목

8 21 44 경혜불 홍헌남휴돈자조현성란목 춘

률윤석철상기순숙옥송희제하 진휘대순호만허 병무웅

명수정지열한주기영옥숙 龍元玉 고맙습니다.

천천히 읽어주신다면 기쁨 넘치겠나이다.

감사 넘치나이다.

사랑 하나이다.

2022. 봄날.

蓮沼 배은경 배상.

차례

배은경 시집
별 이야기

차례

배은경 시집
별 이야기

차례

속살

설레고 기쁘다
재미있는 소설 아껴 읽는 기분
현실, 소설보다 더 드 라 마 틱 하다는 거
잊혀 자폐 앓던 상처받은 영혼들

돌아와 어리석고 살진
가난한 자 위로 주고

그들 고군분투 보노라면
생, 조그마한 행복 쪼가리 몇 개 정도 더 있을 것 같다

산다는 것, 정말 과정이로구나
한때 목적, 삶이던 시기 있었다
이제금 과정, 삶임 인식하는

늘 상 말하듯 철부지
도통 무얼 모르는 여자
어른 되고 싶지 않는
여자.

탄성

대학 순환버스 7 오르다
남루한 의자 몸 맡기고 무념으로 한 바퀴 하고 싶은
그리운 그루터기

핑글핑글 기념하노니
사랑보다 우정 더 소중하던 날들

문리대 본관 뒤 무심한 바위더미, 옆 오솔길
약대 오르는 길, 대학극장 옆 오솔길, 공대 축담 위
응시하며 부르는 눈동자들

문리대 문창대 문창회관 웅비의 탑 무지개 문
여전히 청청한 대밭 아래 벤치
속삭이며 재재거리는 참새 떼 소리 듣노니
시리고 아프고 그리운 날들

마로니에도 에뜨랑제도
바람의 노래 흩어져 사라진 약속 따위 이미
없다

부실한 몸, 맑은 머리, 뜨거운 심장
지키지 못했던 한 영혼, 마음 판 새기며
나, 너희를 지키마
너희, 나를 지켜라

석양 드는 교정 다사로운 금정산, 동요처럼 하-얀 하현
낮달
안고 한 바퀴 돌려주는 초겨울 훈풍
웃고 장난질치며 환하게 피어나는 꽃송이 여학생들
호위하는
모과나무 벚나무 소나무 자작나무 은행나무 남학생들
30W 알전구 불 켜지는, 7도 기운 채 미소 짓는 수줍음

겨울나무 텅 빈 나뭇가지 숲 터지는 탄성
너로구나
그래, 나야
나,

설악

산과 구름 하늘 장대한 폭포 계곡 소
절묘한 설 악
어머니 품속처럼 포근합니다
1975년 대학 3학년 만난 설 악
지금도 충격입니다

회색지대 절망 끝 무채색 태백 지나
깊고 긴 암흑
찾아오는 어둡고 기인 터 널

밤에 탄 삼등 열차 설핏 든 잠 깨우는 낮은 목소리
설악입니다

풋 잠든 엉겅퀴 곁
명철한 독수리 조는 새앙쥐 지키고
캄캄하고 기인 터널 속 목소리 들립니다

부스스 눈 비비고 고개 드니
시퍼런 초록 동굴 덥치드끼 다가옵니다
천정 훌쩍 넘는 연초록 더미

〉

정신없이 둘러보는 중
목소리
낮은 중저음
새벽 깨우는

여 기 가 설 악 입 니 다.

그대여

폭염 속
매미 소리로 오시는가
입춘 속
귀뚜라미 소리로 오시는가

샛별
영롱한 별빛으로
오시는가

초승달
눈썹 같이
은장도 같이
서늘하게 오시는가

산안개처럼
물안개처럼
다사롭게 오시는가

평생 고이시던 누이
작별 없이 이별한 후

소리 없이 흐르는 눈물
닦아 주러 오시는가

허물어진 누이
일으켜 다시 세워
우산 없이 장대비 속 걸으라 하시는 당신

너무 너무
그립습니다

마냥, 서럽습니다.

* 故 裵基成 교수 영전에 바칩니다.

소금쟁이

여치인 줄 알았더니 소금쟁이라 하네

아이, 물도 없는 데서
풀섶, 바로 사막이로구나
그래도, 총깡 총깡 잘도 튀누나

사막 물레방아 돌리는 물방개, 나랑 똑 같다

주변 아랑곳 않고, 시절 한참 지났음에도, 턱없이 용맹
함이여

언제나 철, 들려나

철 따위 들고 싶지 않다
생긴 대로 살다 가리라

곧 보름달 커다랗게 뜰 테지
음기 가득 들이마셔, 어느 입 큰 개구리처럼 터져 버릴 터

불완전연소 싫다

〉

완전연소하여

연잎 가득한 련蓮소沼, 늪 될 터

시린 새벽, 물안개

자　욱　하　리　라.

비두루기

다갈색 비두루기 군계일학
왕따인가 바라보니 전혀 아니다
무리 권좌 앉아 좌우 통솔하고

보라색 가슴 털 두 숫 비두루기 앞다투며
여왕 지키고 있다
절뚝이며 설사똥 싸는
또 다른 다갈색 어린 비두루기 발치 두고

잿빛 비두루기들 속
순박하고 단순하다.

해거름 산책

웅천 시루봉 바라보며 걸었다

산책길 어둠 내리고
어둠 사물 뒤섞이면서

이승 저승 차원 흔들리고
바닷물 강물 섞일 때 생각나더군

짧은, 크리스탈 잔 부딪히는 소리 하나 들리더라.

사랑

밤 안 개   같 은 거

거 미 줄   같 은 거

평 생,   행 복 할 수 있 는

부 루 클 린 으 로   가 는

마 지 막   비 상 구.

돌아보면

지는 봄꽃 사이 보인다
물끄러미 발밑 내려다보기도
시선 빗겨 하늘 바라보기도

그래, 너로구나

내리는 비 속 들리던 낮은 웃음소리
코막힌 듯 깔리던 저음
한 번도 마주 보지 못한 채 어긋나기만 하던 시선

배경으로
하얀 아카시아 향기
피어

올   랐   던   가.

안드로메다

컴맹 살기 지구촌 너무 삭막하다

들풀과 들고양이
샛별과 초승달 부는 바람, 풍선 영화 쪼코렛 솜사탕
나의 사랑 쮸쮸
컴 없이도 충분히 행복하다
바람 없는 골방 속 컴 앞
왜 이렇게 사는 걸까
나는 누구인가?
나는 무엇인가?

사하라 별밤
우주 보내오는 무한 에너지
나의 고향 오리온 성좌
안드로메다 성운 너머 어드메
그리워 하기에는

이곳 삶이라는 것, 한 줌 소금보다 귀하다.

조선 비치

폭풍 속 바다 맨발로 선다
이빨 내보이며 달려와 1미터 전방 우지짖는 파도
갑자기 3미터 파도, 거칠게 몰아부친다
힐끗 눈 돌려보니 허연 물보라, 비치 쪽 바다암벽
사납게 내갈기고

태풍
좀 전 평온하던 바다 삽시간 흉폭한 짐승으로 돌변
머리 위 빗줄기
맨발밑으로 빠져나가는 모래알
상실, 비장함

바람에 대책 없이 떠밀려 왈칵 다섯 걸음 뒤로
내동댕이쳐진다
걸어온 발자국 저대다지 선연한데
여기 고꾸라지는구나
예고도 없이.

만월

차오르기 시작하는 환한 동그라미
창연히 빛나
벅차오르는

한 달 한 번 만나는 것만으로도
살아갈 가치 충분하다
생각하게
하는

지리산 앞자락 섬진강 언저리
한낮 한줄기 소낙비 드럼통 물 내리붓듯 쏟아 붓고도
언제 그랬냐는 듯 시치미 떼기
순식간 구름 뒤 몸 숨기기
희부옇고 은은하게 뜨는 달무리
터지는 탄성

공간 훌쩍 뛰어넘어
해운대 동백섬 앞 다시 만나

은물결 웨이버 치는 교교한 빛

은회색 박하 가루 뿌려놓는 바다
옅은 서러움
정적 어린 시커먼 창공 한가운데
호올로 깊은 그리움 풀어 놓는

인간, 늑대로 만들어
아우성치며 야성으로 돌아가게 하는
크고 둥근
너.

울타리

저에게 동반자 아주 소중합니다
저의 사고방식 평범하지 않습니다, 조금 남다릅니다

누군가 함께 해 주지 않으시면
별종으로 치부될 수 있습니다

동반자 함께해 주셔야
개성인 것 인정받을 수 있습니다

함께해 주십시오
울타리 되어 주십시오

평생 한 번도 부탁해 본 적 없습니다
부탁할 필요 없었습니다
되면 하고, 안 되면 안 했습니다
이번 일 만 아니면 평생 부탁 같은 거 안 하고
살 수 있습니다
대학의 얼굴이라니
맙소사

이제 사 부탁 배웁니다, 겸손과 배려 배웁니다
화나고 심장 뜁니다
참을 수 없도록 치솟는 분노

마음 다둑이며
인간, 삶이라는 것 녹녹치 않음
뼈저리게 느낍니다

큰 그릇 되기 싫다 하는 나에게
창조주, 왜 이렇듯 잔인하신가.

오전 한 때 비

빛 바랜 흑백사진 같이
쓸쓸한
흐린 아침 무렵
밤새 뒤척인
가르마 위
게릴라성 폭우 쏟아진다

지면 때리고
하얗게 튀어 오르는 빗방울들
섬진강 거슬러 차올라오는 은어 떼처럼
생동적이다

일순 고요해지는 사위
물안개처럼 피어오르는 경건함

처마 끝 제비 떼
쇼 윈도우 붙어선
지친 회색군상들,
경배하며
잠시

시름 터는,

오전 한때 비.

어둠에게 말 걸기

날 좀 바라 봐
오랜 너의 갈망에도
매몰차게 외면했던 나,
그만 용서해줘

너는 너른 가슴으로 품으려 하고
번번이 나는 격하게 손사래질 쳤다
내가 만든
네 싱싱한 팔뚝 푸른 이빨자국과
청보라 빛 볼 할퀸 매서운 손톱자국

빛 강으로만 내딛는 내 발목 잡으며
빛살로 가려면 먼저 네게로 오라던
너의 쓰린 눈

무대의 희열을 위해
객석, 진한 어둠이어야 하는
신의 장난
이제 사 알았어

살얼음 같이 냉정한 얼굴

그만 풀어,

너와 화해하고

따스한 악수라도 나누고 싶어.

자백

-반짝이는 것은 촌스럽다-

가슴 언저리, 뜨끔 하다
언제나 반짝이고 싶은 나는
사금파리라도 좋다
반짝이고 싶다

그럼에도 불구하고, 가끔 한번씩
캄캄한 어둠이고 싶다

모든 것 껴안고 사라지는 다슙은 블랙홀처럼
미운 놈, 고운 놈 가리지 않고
모두 받아 안아주고 싶다

그래, 나는 변덕 많고
촌 스 럽 다.

2021년 9월 3일 금요일

진행 중

돌이켜보니, 바로 연애박사 바람둥이었어

한 번도 사귀자 말 해본 적 없고
프로포즈 한번 받은 적 없지만
1:1 마주 앉은 적 없지만
늘 아이들 괴롭혔더구나

73 전국예비고사 수석 김지원 닥터 가고
생존하는 부산대 별 중
여성 수석이 됐어

부산대학 73 美
능력 주셨다면
가족만 돌보라고 넘치는 것 주셨을 리
만무

간다
타인 향하여

〉
도스토예브스키 서민에게 환멸 느꼈듯
깊은 혐오 하사 받았어

역시,
가진 것 없는 자
살인 아니면 모든 것 용서되는

살아내는 것 그들 목적이니
절도 횡령
모든 것 용서되는 집단

그러면서도
생명 줄 사납게 움켜쥐는 음흉한 무리

역사, 언제나
못가진 자 의해 굴러져 왔다

서민 대중 꿈틀거리는 욕망 제어하지 못한다면
미래, 바로 지옥 될 것이다

노블리스 오블리주 다 해야

수석,
다가가 서민 눈물 닦아주고
같이 주저앉아 함께 울어줄 때
진정성으로 승부 할 때

미래, 열리리라.

정답은 없다

"인생은 B(birth)와 D(death) 사이의 C(choices)이다"
– 장폴 사르트르 –

철학자의 글이라 그런지 많은 함의가 느껴지네요
"정답이 하나로 정해진 일방통행의 삶이란 없다"는 의미

인생 정답 어디 있나
느낌대로 사는 거지.

02

미련

너무 쥐고만 살았다
이제 그만 보내려
어떠냐?
묻고 시작한 것 아니면서
굳이 묻고자 하는

그래,
미련이다
망할 노므 비 또 오네
못 버티겠다
혹 버티겠다
사랑, 또 다른 투정

뻔뻔한 오랑캐꽃, 너무 부끄럽다
수 치 스 럽 다.

벨 아미

사랑하는 명민한 수석 벨 아미

총명한 재치 늘 사랑해 왔다
현실에 꺽지 마라, 허리

서로 사랑하되 극단적으로 이기적이어야
자신만 가꾸며 자신만 사랑하는
자존 환하게 빛날 때
미래 열린다

많이 누렸잖아, 넘치는 과분한 사랑
이제 갚을 때

향 후 10년 주변에 갚고 미련 없이 떠나자
원 행방불명, 영 이미 지평 너머
나, 45일간 혼수상태 거쳐 65세

우리에게는 웃어야 하는
의무만 남아 있을 뿐

악착같이 살아남아 주변의 소금 될 것
너, 나의 책무

결국, 살아남는 자, 승리한 자
사랑하는 자만 살아남는 법

나, 너 사랑한다

세상 무엇보다 너, 소중하다
너 자신 지켜
나를 지켜 다오.

PS : 승리든 패배든 중요하지 않다.
　　 중요한 것은 우리가 지금 세상에 존재한다는 것이다.

깽깽이

사하라 사막 별밤 그림 펼쳐놓고
깽깽이네 바닷가 파도소리

대학시절
거제도 와현 바닷가에서 밤 새던 풍경
떠올라

성냥곽 속 성냥 알처럼 나란히 누워
밤새워 별밤 헤던 아이들
새까만 머리통 동구맣게 빨간 유황만 묻힌 채
세상 무지몽매하던

해 뜨느라 희부옇게 밝아오던 동녁
어느새 서편 달 지고

저 역시 기우뚱 기울었습니다.

의사인 친구에게

너
내 아는 사람 中
가장 지성적 철학적

올곧게 살고자 항상 애쓰며
삶 한가운데 끼여
부초처럼 흔들리면서도
그 너머 초월인 듯 여겨지던

뻐드렁니로 소탈 가장해도
네모진 까만 안경 너머
오만하여 도도하고
행동하는 철학으로
눈빛 형형하던

네 지성의 질량 수치
내 지성의 질량 수치 상회 한다는 것,
누군가 질투에 눈멀게 하였고
데스데모나, 존경하던 오 셀 로 교살하였다

제번하고
너, 누구 아낙이자
누구 어미 자리 있음

참으로 씨씨하다

그까짓
사랑 나부랭이 빠지다니

하나, 어쩌랴
우리의 미래, 생명에 있고
생명, 오롯이 사랑에서만 오나니

어엿한 모성 되고 져
월요일 아침마다
제비 새끼들처럼
새빨갛게 입을 모아
겨레의 밭 일구던
우리

그래, 용서 하마
누구의 아낙 된 것도
고단한 삶 지휘하는 이름 없는 여인이 된 것도

그러나, 잊지 마
너의 착지점, 안일 아니었어

쓸쓸한 이 밤
실패한 쿠데타 기념하며 씨앗 한 톨 받아 심자

아마조네스 족,
새로운 미래
위하여

위 하 여 !

마른 접시꽃

접시꽃 당신 읽으며
시인의 아내
연한 꽃송이 여겼습니다

세월 흐르고
장대보다 높고 현란한 접시꽃 보며
시인, 얼마나
아내 의지해 왔던 가 알 수 있습니다

"죽으믄 잊혀지까 안 잊혀지는 겨."
사랑방 아주머니 말씀 덧붙여 빗대면서
죽어도 못 잊을 당신,
시인 말하고 있습니다

죽어도 못 잊을 사랑 하나 간직하고 계십니까
마지막 청정구역 될 것입니다
목숨보다 귀한 사랑
확인하시는 저녁 되시기 바랍니다

달력 마른 꽃 매달아 놓은 것

차원 달리하는 7차원 존재들

2021. 8. 26. 오후 8시 55분 한 점

얽히는 인연,

숨은 의도 있습니다

사랑하는 사람 손 잡아 주세요

서로 미안한

마음 털어놓는 시간

1초 동안 행복

100초 행복으로

100초 행복 언젠가

영원히 초 셀 수 없는 행복으로 남을 테니까요.

장렬한 여름

2018 여름 장렬

석가모니탄신일 와이덱스 장착
아이폰이라야 가능
아이폰 구입

멍텅구리폰 쓰던 者, 용맹 부린

그 후, 석 달
여름 가 버렸다

혹, 원, 피안 향해 날아올랐는지
눈물 편지
웅이 처, 지평 넘어 간, 진
추모 촛불 밝힌 지 오래

삶 다소 신산하다 하더라도
나 너희 어찌 잊으리.

PS : 다행히 오른쪽 귀 만으로도 일상생활 충분하다는
주치의 무 말 의거 보청기 착용 않고 있다. 배도변씨 생각 나더구먼.

수정동

유년 함께 하던 수정동, 수정산

마산 완월초등, 부산 중앙초등, 부산 수성초등,
부산 수정초등, 경남여중, 경남여고, 부산약대

경여중 앞 4-5미터 떨어진 골목 안
개천 돌아 나가는
우물 끼고 앉은 기역자 기와집

해바라기 무화과나무 사철나무 울타리 치고
채송화 사루비아 다알리아 아마달리스
장미넝쿨 아아치 꽃밭 가꾸시던
아
버
지

새장 비둘기 곁
경여중 비둘기 날아 깃들고
누렁이 토종개 엑스

마루 올라서면 멀리 혹은, 가까이
아스라히 부산 앞 바다

오빠 둘 여동생 하나 남동생 하나
아이 다섯 엄마 아버지
아이들 돌보아주던
엄마 전영옥 선생 고모
건천할머니

소박하고 소담하던
방 세 칸

수정산 오르내리며 행복하고 다사로웠던 유년
그리움으로 돌아 봅니다

수정동...수정교회...말일성도교회...능풍장...
수정성당...파출소...
하 베이커리이커리 서향그림자...휘 서향 그림자...
진역...경찰서...좌천동...범일동...범냇골...조방...
동래 입구...전차...멀미...

고관입구…동구청…초량시장…초량 농고…

일용웅 현무…철상영…은태순…하휘훈 우진기…희균
제명…

영도다리까지…걷고…

수성초등…가교사…알전구…고아원 씨이쏘우…

양계장…계란꾸러미…실개천…

중앙초등…수정초등…경남여중…경남여고…

부산약대…18번…19번…21번…51번…100번…

노오란 달 어디든 따라오기 앞서 걷기

그림자 더불어

수정동 미로 같은 골목길 모두 꿰어차고

봄가을 어김없이 수정산 소풍

정서적 고향

수정동

참

좋 습 니 다.

몰랐습니다

유년 보내던 수정동 달동네 언덕
부산진 몰 몬 교회 잇닿는 좁은 골목

작은 몰몬교회에서 영어회화 목적
대학생
선교사와 서툰 회화
서울대 연세대 부산대 이화여대

엘 더 겜 머는 왜 제게만 여러 질문 해댔던 걸까요
프리즈 미스 배
프리즈 미스 배
프리즈

눈빛 맑고 서늘하던 엘 더 겜 머
지금 어디서 어떻게 늙어 있을까요

그립습니다
엘 더 겜 머 그리운 것 아니라
사무치게 아름다운 청춘의 푸른 흔적 그립습니다
저무는 가을 쓸쓸하게 부는 다사로운 바람 하암께

〉

수정동 달동네
잘 마른 낙엽 잎맥같이 소담한 골목들
곳곳마다 묻어 있던 사유의 파편들

몇몇 대학생들
귓갓길
함께 언덕 올라 주었습니다
누구에게도 안착하지 못하고 진주로 날아갔습니다

루멘인들
약대인들
사회인들

몰랐습니다
사랑, 무언지 통 몰랐습니다.

다짐 2

아침 산책길
낙엽 공중 떠 있는 것 봅니다
놀라운 장면이라 가까이 다가가

거미줄 노랑 낙엽 붙들고
낙엽, 사선으로 길게 늘어진 거미줄
손목 발목 잡힌 채
바람 따라 핑글핑글 공중회전돌기

잠깐 순간
노랑 낙엽 눈물

낙화마저 마음대로 못하게 하는
창조주 섭리

얽히고설킨 인연, 거미줄
깨끗이 정리 후 만날 수 있는 별리

십 년 전 작별 없이 떠나려는 者
지상으로 돌려놓은 건, 다사로운 우정이었다는 것

거미줄과 노랑 낙엽 보며 깨닫습니다

예,
벗 더불어
그분 부르시는 날까지 최선 다해
서럽도록 아름다운 만추 즐기며

무릇
지킬 것 중 가장 귀한 것, 마음의 중심

기쁨과 사랑
하루하루 소중하게 매만지며 살겠습니다.

미안하다

아프고 시린 거

무엇인지 모르지만
거대한 소용돌이
존재하는

기원전,
소크라테스
〈너 자신을 알라〉

70 되도록
자신 모르는구나

그리하여

밤잠 설치곤 하는구나
주변을 괴롭히는구나

아직도 모른다

나는 무엇인가
나는 누구인가

미안하다 고맙다 사랑한다.

행운

너희 만난 것 일생 행운
紳의 선물

경남여고 44회
부산약대 21회
LUMEN
효원 마라톤 클럽

사막 걸어가는 者, 시원한 오아시스

神, 신산한 삶 주시면서
가족 외, 너희 주신 것

참

고 마 운 일이다.

시간 도둑

1.

시간, 잃어버리는 것
제일 싫다
무엇 했는지 모르는 채 66
앞만 보고 걷다 문득 돌아보니
59부터,
괴저성 근막염 후유증 앓느라 7년
유방암 정리하며 6년

세월, 이따위로
보내게 되다니

2.

시간,
젖은 짚단 태우듯 매운 연기만
생각도 하기 싫은
눈앞 전개되는

아가
일상 지혜롭게

때로, 엎어지고 자빠지더라도
꽃순이 놓치지 마라

남 65, 은퇴한다는 데
나, 65, 새로이 시작하누나
보기 우습겠구나
...그러기나 말기나

3.
맑고 춥다
아우들 전화
떠나야...

나무 가만히 있으려 하나
바람,
내버려 두지 않는

모친상 며칠
"예."
철규네 모친상 여겼더니

하단 작은 엄마……

4.
흘러가는 편 린, 주워 담아 봅니다
아쉬움
그리움.

노희찬

아, 노희찬, 동생아
참람 하도다
입 있으되 말할 수 없고
귀 있으되 믿을 수 없도다

그대 이렇듯 사라지오면 남은 우리 어이 할꼬
사무친 누나 어찌할 바 모르겠노라
하루 종일 눈물만 쏟고 있는 우매한 누이
용서하시 게나

그대 정녕 이 길 밖에 없었는가?
우리는 어떻게 숨 쉬라고 이러시는 가

노희찬
당신 정치 속 휴머 읽으며
저녁시간
이제 당신 가고
우리, 누구 함께 절묘한 정치적 해학
읽고 또 웃고 즐기게 되나

오호 통제라 오호 통제라
하늘도 어이 없어 땡볕으로 질러버렸구나

지난 20년
그대 있어 삼십년 정치 불판 갈아 끼우는데
서민 선뜻 동의

노희찬 구수한 해학 함께
비장하기 이를 때 없는 한국 근대 정치사
친근하고도
믿을 수 없고
포기할 수 없게
서민 정치 징검다리 노릇 해 오신

자네 건네주는 돛다리 경중 경중 내달으며
민중, 싸우고 유쾌하게 웃으며
21세기 초반부 달려올 수 있던
통쾌한 품성
한국정치계 숨구멍 틔워,

세계 현대사
21C 한국 입지
혼신 다하신 토종 소나무
오늘 이렇듯 비장하게 가시다니
믿을 수 없소
믿을 수 없소

하늘 설설 끓며 푹푹 찌며 귀천
허락 않는 구려
명철한 전략가
깊이 생각하여 내린 결론일 터

희찬아, 이렇게 허망하게 가느냐

1970년대
이화여대 앞
누나 허영란 이대 입학 축하하며
아버지 노선생께서 마련해준 거처
경기중 경기고 고려법대 다니던 동생
지금 너 떠나면

지구 누가 지키나?

부디 잘 가라
유훈 우리 지키마
나의 유훈, 연검으로 가슴에 단디 품고
나의 유훈, 당분간 나, 계속 지키마

산 자여, 울어라
죽은 자도 함께 하라.

*노희찬. 부산중. 경기중. 경기고. 고대법대.

하루

또 하루 익는다
저무는 저녁 황홀하다

덜 깬 커피잔
선잠 김
나무늘보처럼 늘어진다

귀갓길 발자국
석양의 햇살만큼
그림자 늘어지고

어둠 오면
누이
웃음소리
달빛 쏟아진다.

ps. 근데 정말 괜찮을까?
　　물 위의 오리는 동동 떠 있지만 물 속의 오리발,
　　죽기 살기로 버둥거리고 있다는 게 삶의 아이러니잖아.

쮸쮸 천국 입성

2011. 12. 2. 14:15

쮸쮸
품에서 마지막 내장 물 토해놓고
아침 7시부터 꾸엑거리더니
동물병원, 데려와 안고 흔드니
마지막 반응 보인 후

겁 많은 녀석 천국 잘 갈까?
천사호위 받으며 천국입성 하겠지

두 할머니 반갑게 멍멍거리겠지
잃어버린 목소리도 되찾고

쮸쮸야
기쁠 때 아플 때 한결 같이 위로하던 너
잊지 못할 거야
고맙고 사랑한다
잘 가.

등뼈

깨끗하게 뼈만 남은 섬세한 나뭇가지
가장 아름답습니다
저에게는

저
저처럼
훌훌 털고

소박한
등뼈로만 남고 싶습니다.

폭풍과 숲

비바람 세차게 휘몰아친다
대리석 돌담 위 참새 떼 재재거린다
일렬로 서 거친 바람 속 무슨 얘길 나누는 건지

강아지풀 허리 꺾어질 듯 휘어지며 바람 맞고
나팔꽃 비장하게 입술 다물어
쪼ー글한 세로 주름, 의지 담고 휘청거린다

숲, 잠들지 않는다.

카라비안의 해적

카라비안의 해적
아무 생각 없이 극장 앉는데
애매모호한 해도
해적, 저승에서 이승으로 돌아오는 길 찾는
노을에서 새벽
위에서 아래
도무지 말 안 되는 구절
머리 굴리던 잭
갑자기, 오른쪽에서 왼쪽
왼쪽에서 또 오른쪽
일행과 적재물 함께 마구 몰려다니며
중심 흔들어
배의 위, 아래 되며 뒤집히게 하는

스러지던 노을, 새벽 일출 변하면서
저승에서 현세 돌아오는 길목
발견하는 놀라운 상상력
비스듬히 뒤로 제키고 앉아있던 첨
벌떡 일으켜 앉히기 충분하다

그렇다

몇 명 천재 탁월하고 유연한 상상력

인류 역사 바꾼다

콜롬부스

계란 끝 살짝 깨뜨려 계란 세우고

알렉산더 대왕, 도무지 풀 수 없는 난해한 매듭

단칼 잘라 풀어

동방 향해 달려 세계 제패하지 않았나

우주 먼 거리 직선 다가가는 것 아니라

두 지점 휘어지게 하여 단번에 관통 한다는

천문학자들 가설

한때 독창적인 점도 있었는데

언제부터 머릿속 이대다지 딱딱하게 굳어 버렸는가.

절망을 느낀다

네모진 문 밖 무엇 있을지 아무 상상 못하는
게으른 뇌세포 실망, 꾸준히 걸음마 내딛는
75 오총사 심한 질투
못나게스리

그러다 가끔
소금뿌린 미꾸라지처럼
격렬하게 버벅 대다 보면
혹 잃어버린 유연성 돌려받을 수 있을까
꿈꾸기

아서라
하얗게 아무 생각나지 않을 때
그냥 무너져 있을 일
저절로 새 힘 얻어 일어설 때까지.

* 75. 황을순. 언니 같던 아우야. 너와의 언약. 잊지 않으마.

무화과

헐벗은 무화과 가지
왜 무화과 잎 저대다지 빨리지는 지

앙상하게 휘인 무화과 가지
부실한 척추 뼈

발목 무릎 허리 어깨뼈 엉치뼈 꼬리뼈
발가락 손가락 꼬부라진 몰골

그래도
꼬장꼬장한 나

인생 정답 어디 있나
꽂힌대로
느낌대로 가는 거지.

가을

색으로 치면
누렁이 진돗개 똥색

숲
들풀
파란 하늘 푸른 물기 속
묻어 있다

들판에다가는
그대로
폭삭
엎질러 놓았다

그리하여
가을

불혹 이르러서야 만나지는
짧은
가을 黃視

마음 속 깊은 江
비로소 노을
진다.

이상한 나라

정글 숲
스콜 내리고
커다란 열대나무 잎사귀
전신
훑고 지나간다

빛 길 막아 만든
인공 어둠 속
찢어진 바람개비 같은 쌍날개
거친 애무
화려하다

또
쏟아지는 열대성
소낙비

차체 휘감기는
칡넝쿨 같은 헝겊 나부랭이
칙칙하고
끈끈하여라

〉
게다가 바람 소리
혼 빼놓는
사나운 熱沙의 휘파람 소리라니

방금
세수한 듯
말갛게 개여 오는 풍광

탄가루 묻은
허파꽈리,
함께
씻어 내리고
싶다.

시작詩作

마음 깊은 우물 속
두레박

나 행하는 짓거리
어처구니 없는 일
아닌가
황당한 일 벌리는 거
아닌가

그러나
사람마다 세상사는 法
다 다르고
나
선물 잊지 못하는
과대망상
重환자

빛바랜 봄날
흐린 무리 속
아둥바둥

반짝이고 싶은
욕심 많고
평범한
잎새

축복이고
은혜로다,
외려
감사

그래도
어쩐지
남의 옷
빌려 입은 듯
한.

송곳에 대하여

담담하던 가슴 밑
뾰-죽
고개 치켜드는

주머니 속 송곳처럼
낡은 가면 뚫고 삐져 나온다

꾸욱 힘주어 눌러본다
슬쩍 옆으로 꺽어도 본다

개밥의 도토리
미운 오리새끼
눈에 가시

모욕과 푸대접 呪文
하얗게 사그라져 주기 바라면서

그러다가 고만
왈칵 끌어안는다

너 없이
나 어떻게 이 자리에 있으랴

어미, 새끼 끌어안듯
불끈 껴안는다

고슴도치 모자 한 쌍
서로의 가시에 찔려
뜨거운 피 흘린다

교만과 겸손,
동전 양면
같 은 거.

만우절

철없이 웃던 만우절 아침
그립습니다
반 바꿔 앉아
선생님 괴롭히던 고등학교 시절
고3, 고2 교실 능청스럽게 앉아
근엄하신 선생님들
너털웃음 짓게 만들던
70년 시절 사무치게 그립습니다

이제 만우절 오면
오히려, 비통 합니다
오히려, 울고 있네요

만우절 아침
늦잠에서 깨어난 者
비몽사몽간
장국영
천국 계단 오르는 뒷등 보았습니다

이후 시도 때도 없이

자나 깨나
교육시키고 있습니다
세상에서 가장 소중한 것, 생명
비루하고 남루한 세상 가장 소중한
목숨 구걸하는
남은 생 통하여 배우고 또 배워야 할
비겁해지는 법

너 아무 것도 아니다
비굴하고 또 비굴해져라
목숨 구할 수 있다면 무슨 짓인 들 못하랴
– 주님, 제가 모든 치욕 겪어, 비굴해진 날
데려 가실 거지요, 그렇게 하십시요–
언제
온전한 자신의 삶 살아 본 적 있나요
언제나 주님 꼭두각시 지요, 여쭈어보는 거지요

저도 궁금할 때 있어요
가끔

하여간
만우절 되면 울고 있습니다
먼저 간 이들 천사 되었는데도
자꾸 눈물 납니다

그들
어깨 감싸며 날갯짓 해주어
마음도
양 볼도
너무나 시원 상쾌한데도
만우절 아침이면 눈물 납니다

참 쓸쓸하네요
천사들 둘러싸여 너무나 행복한데도
만우절
찬란하던 시절
하냥, 그립습니다

돌아가고 싶습니다
돌아갈 수 없어

기어코
눈물 바가지 쏟고 맙니다

엄마한테 혼난 것도 아닌데
서럽습니다.

시들은 누이

여약사 대회
손학규 장관 축사 대신한
약사 남편
쪽문 여닫던 시절
이야기

살림하며 약국 하며
쪽문 속 자고 깨던
시들은 누이 같은 아내
투사 남편 뒷바라지
이야기

내게도
있었던 날들
왈칵 쏟아져

일요일 내려진 셔터문 속
곤하게 낮잠 자는 에미

셔터문 밖 놀다

뇨의 느낀

다섯 살 배기 아들놈

번데기 고추 내놓지 못해

두드리다 두드리다

바지 퍼질러 싸 버렸다

두고 두고

원망해

오는.

어느 탐미주의자의 일기

초등학교 앞 함지박
설레이며 구해 온
올챙이 세 마리
화려한 유동성
현미경 없이
체외정사
관찰하게 한다

맑은 물만 갈아 주는데
식물성 플랑크톤만 먹고도
자라는 가
자꾸
살
오른다

뒷다리 나오고
앞다리 나오고
꼬리마저 사라지면
어찌하나

고민으로
단잠 자고
깬다

깜짝
뒷다리 생긴 올챙이를 본다

정자 유영만 탐하던 자
방생할 장소 모색하면서

걱정으로
선잠 자고
깬다

화려한 꼬리 운동
아쉬워하며.

높은음자리표

마흔 넘어 국제전화 걸어본다

월급쟁이 아내
궁핍한 살림 살아내느라
국제펜팔만 고수해 온 알뜰한 아낙
거창한 반란

외로울 때
세계지도 펼치면 아시아 보이고
동남쪽 끄트머리 번데기 같은 한국 땅

막막하여 눈물 나는 푸르기만 한
태 평 양
너머 북미 대륙 펼쳐지고
너 뉴욕
늘 그렇게 그곳에 있었다
맑은 웃음소리로
알량한 나 부르며

얼마나 돌려보고 싶던 다이얼인가

지금 돌리지 못하는 세월 때문에 단추 누르면서
손가락 다소 떨리는 것
보았을까?

찢어지듯 치울리는 목소리
아름다운 하이 소프라노
자지러지는 높은음자리표.

＊꽃잎은 하염없이 바람에 지고 만날 날은 아득타 기약이 없네
＊무어라 맘과 맘은 맺지 못하고 한갓되이 풀잎만 맺으려는 고
＊한갓되이 풀잎만 맺으려는 고
＊1995. 겨울

새벽에 오다

먹물 같은 어둠 헹구어 내며
貧者村 초라한 처마 끝 두드리고 온다

목 타던 여름, 서랍 속 개켜 넣고
등 뒤 바짝 파고드는 겨울 예고 메가폰 소리

은밀한 목소리 낮은 음으로
　　　　이제 그만 꿈꾸지 말라
　　　　쭉정이답게 바래어 가라
　　　　튼실하게 썩어지라
　　　　아참, 기쁜 마음, 빠뜨리지 말라

거미줄 같이 얽힌 마흔 想念 밤 밝힌 者
새벽 베갯머리 밟아 오는 서늘한 말씀

아침 숲 가을비 내리고
젖은 窓 너머
옛 친구 처럼 손 내미는 아름다운 슬픔.

서비스 센터에서

언제 부터 주차장 窓 고개 내밀면
왼쪽 귓바퀴 조르르 맑은 물소리
달리는 車 속 여섯 살 배기 딸아이
엄마, 물소리 어디서 나나요?

서비스 센터 리프트 머리 위
자동차 들어 올려 문제 뱃속 들여다 본다
개구리 뱃가죽 같이 푸르스름 볼록 납작한 금속판 사이
S 커브 그리며 녹슨 江 흐른다

뜨거운 배기가스
지날 때마다 한 겹 두 겹
녹살 올린 파이프 끝
굴뚝새처럼 매달려 버티어 내느라
숭하게 삭아 내린 消音機

온기로 살고 열 받아 傷하는 것
목숨뿐이라 여겼더니.

못다 지운 흔적

세차한 날 새벽이면 어김없이 내리는 비

암팡진 들고양이 같이
살금살금 잘도 내린다

금속성 광택 매끄러운 차체 위
낼름 낼름
혓바닥 내밀어 단정한 물방울무늬
콕콕 찍어놓는다
혹간 발정 난 암코양이
밤 외출 발톱자국도
못 다 지운 흔적으로
남아 있다

때맞추어 날아가던 까치
몸무게 줄이며 갈겨놓은 물똥자국까지도.

들키고 싶지 않는 날

봄나들이 나선 아낙네
관광버스 올라타고 조금 상기된다

여흥 돋우느라 애쓰던 총무
둘둘 말은 헝겊 뭉태기
상의 속 배꼽 뒤 허리 위 밀어 올려
배꼽 빠지도록 곱사춤 춘다

포복졸도 하는 아낙 사이 끼여
부탁대로 깔깔 웃어 주다가
피―잉 눈물이 돈다
옆 사람 누 될까 창밖 본다

왜 나는 이럴까
왜 나는 아름다운 여흥 보며 택도 없이
슬픔을 꺼내 씹을까

눈에 띄고 싶지 않는 날
정말 남의 눈에 들키고 싶지 않는 날.

해수욕

하여,
여름 끝내기로

중3 막내 데리고
광복절, 해수욕하기
부모가 자식에게 줄 수 있는 것 추억뿐
알면서
아무런 추억 함께 못하고

유치원 시절부터 시작된
부부 유랑 생활
삶의 곡예

전매서장 딸 교감 선생 딸 회사원 아내
43년 살아온 나
남편 퇴직 청천벽력

그날부터 시작된 삶의 수레바퀴,
수십 년 써오던 일기 절필하게 하고
기억 앞뒤 뒤섞어

알콩달콩 키워보려
닮은 딸 기도하며 얻은 다섯 살 딸아이
졸지에 혼자 나뒹굴고
부부, LG 대리점, 근무 약국
젖은 낙엽처럼 몰려 다녀

어미, 아이 옆 남편 걱정
남편 옆 아이 걱정
아무 곳도 안주 할 수 없어

돌이켜 생각하고 싶지 않은 징그러운 사십 대
차라리 죽고 싶던 치욕의 사십 대
모멸감 속 하루를 살고
이렇게 고통스러워도
해 뜨고 진다는 것 깨달으며

천진난만 발랄하던 어린아이
슬픈 눈동자 아이로

교만하고 거만하고 오만하던 여자

이미
비바람 치는 황량한 벌판
겁 질리고 두려움 지친
철없는 아이 같은 오십 여자 하나

아무 욕망 의욕 소망 없는
삶, 대 명제 앞 떨고 있을 뿐

걸음마 배우는 아이처럼
새로이 한 발짝 한 발짝
지난 사십 년 살아온 것과 조금 다른 사고로
존재하려 하노니
살아남기 위하여

산다는 명제, 참으로 괴롭고 고통스러워
자칫 방심하면
유리그릇처럼,
새파랗게 긴장 않으면
언제 쨍그랑 깨어질 지

해운대 바닷가 파도 생각 보다 깊다
목 까지 차오는
물살 급해 견뎌내기 버거워

오늘 가면 여름은 간다

바닷가 백사장 파도 떠밀려 짓이겨지며
오른 쪽 손목 삐다
벌떡
다시 일어나 파도 속 걸어 들어가노니

주여!
저에게 고난 주시 되 견딜 능력 허락하여 주소서
작은 것 감사 할 줄 아는 참 인간 되게 하시며
제게 주신 소명 몸소 깨닫게 하시고
참으로 쓰임 받는데
두려움 없게 하소서.

세탁

찌들어 문드러지는 오장육부 모두 꺼내어
빛 좋은 가을 햇살 내다 말려 보자

맨 날 천 날 욕 듣느라
파랗게 질린 오줌통
세 번 네 번 헹구어 씻고
헛바람 잔뜩 든 허파 한 쪽
미련 없이 썩둑 잘라낸다
조 석간 엽기적 범죄 오그라 붙은 염통
따스한 담수 담궈둔다
먹어도 먹어도 허기지는 시대의 허기증,
밥통 반쯤 잘라
하얀 들국화 한 다발 꽂아 본다
긴 창자 반쯤 끊어내어
가을 들판 새 먹이로 던져 놓는다
굽이굽이 험한 길 걷느라 불어터진
발바닥 굳은살 어루만지며
교만에 찌든 골 꺼내 말린다

날 을 것 만 같 다.

겨울비

쓸쓸한 겨울비 마음 서럽게

한 시절 가고 한 시절 오나니
옷깃 여미고, 계절 기다려야
강한 맹세에도 마음 자꾸 흔들리는

겨울비, 겨울비 속
오차원 허망한 손바닥
가만히 드려다 보나니

텅 비어
그대로 충만하게 합소서.

너에게

한눈팔지말고너의길가라모든것은때가있다
결국허무와만나게되겠지만
과정즐겨야지

웃음극복하지못한자니힐허무
가짜다가짜싫어한다혐오한다
실생활단짠신쓴매운맛느껴보지못한자
인간존재가치논할자격없다
늘하는말이지만부모는너의유전자속
몽땅들어있다조용히침잠하여유전자에물어보라

어떻게살것인지네가어디로와어디로가는지

초생달과샛별길잡이삼아바람처럼사는부모
반추해보라
삶과격렬히맞싸우고있다

거실오른쪽고야투우거실왼쪽
거꾸로뒤집혀물에투영되어더명징한초승달
발밑깔린여자아이청년연인안방걸린

등보이는나부의쓸쓸함

모든 것함께하시는식탁위
지져스크라이스트기억하라
초승달아래연밭장식장속대마도고양이
제주돌하르방KAL패드

종교는다똑같다신만든건지인류창조한것인지
아무도모른다
바티칸예수초상화목십자가속
부처얼굴있다바티칸또숨기겠지

이미외계인지구안착하여살고있다
때로안드로메다성운너머오리온성좌
나의고향몽상잠길때도

별다른약속없으면약국저녁까지
지키기
그러나,가족소중하니까...특히...너

심해어꽂히다빛없는곳야광네온해파리,
누구에게보이려
저대도록아름다운가
고혹적이다

삶 즐기고 지금 여기서 행복하자.

우리에게는 내일이 있다

장례식장

보고 싶은 데, 보지 못 하는
그러나
우리에게는 축복처럼
언제나 항상 내일이 있습니다

스칼렛 오하라 아니라 하더라도
우리, 늘 내일 다시 새로워짐 믿어야

내일은 내일의 해 뜹니다.

멜랑콜리

우울 못 견딥니다

웃고만 살다, 우울 오면 소름 끼치게 싫어
그렇지만 견뎌야지
내공 길러야지

이제 겨우 우울로 부터 벗어 났습니다

우울 호숫가
겉멋으로라도 걷지 마세요
멜 랑 콜리, 당신 사납게 낚아채 모래 늪으로 끌고 갑니다

가장 경계해야 할 것
우울이라 생각 합니다.

04

길가에서

쓰라린 계절
금가루 샤방샤방 뿌려놓고
황홀한 이파리 스스로 가을

살아야 한다
살아야 겠다

살아 견디고 버티고 즐거워하며
유성우처럼 쏟아져 내리리라

本 되라시던 어머니 말씀
가시 되어 박혀 오나니.

낮도깨비

아끼지 말고 사랑한다
말 하십시오

이제껏 살면서 가장 후회되는 것
사랑한다
한 마디 아낀 일

용감하게 사랑한다 말하고
쟁취하든 산산이 깨지든
후회 남지 않습니다

순간 선택 십 년 좌우 한다지만
아낀 사랑한다는 말
평생 좌우합니다

웃고 있어도 눈물 난다
남녀노소 불문입니다

아침, 낮도깨비 같은 소리

불면의 밤 있었겠지요

가을
저물고 있습니다
오늘
들판으로 나가
만추를 즐기시는
여러분 되십시오

우리 삶
몇 번이나
만추를 볼 수 있을까요.

화살을 찾아

쏘아논 살 같다는
시간

함부로 쏜 화살 찾으러
화살 꽂혔음 직한
새벽 풀숲
뒤져 보았으나

화살
세월 속 바람 되어
흔적 없이
사라졌습니다

내 속 그대들이여
용서하라

철없던 별
용서하라

눈 이마 붙어 있던

철부지
울보
용서해다오

사과도 못하고 떠날뻔 하였구나

살아가며
빚
갚아보리라.

뭇별

밤하늘
뭇별입니다

각자 마음 판
뭇별보다 더 멀리 간
별 있습니다

가슴 시리고 저밉니다

그립습니다, 지켜 주지 못했습니다
같이 갈 수도 없습니다

먼 길 어떻게 갔을까요

작별 인사도 없이.

배냇골 둘레길

장안사도 보고 코스모스도 보고
산천 의구하나 인걸 간데 없더만

죽지 않고 85세까지 징글징글 행복하기
쓴맛 매운맛 아린 맛 구역질나는 맛
교만하고 거만하고 도도한 者
어떻게 씹고 맛보고 즐기는지 本 보이기

거창 계림농원 배태학님 롤모델
장남 먼저 보내고
100순 잔치 2018. 5. 6. 워커힐,

어머니 전영옥교감도 82세에서야 비로소
자식들 곁 떠나 안식
68세 떠나신 아버지 배창원 전매서장
63세 먼저 보내시고 자식들 불행 온몸으로 만끽

85세까지 살아야겠다
천천히 뚜벅뚜벅 걷는 건데 아무것도 아니다

하긴 인생 자체 아무 것 아닌 거
더 말할 나위 없지만

매일 밤 촛불 켜고
사라진 친구 향한 묵념
다녀간 지 이십 년 넘어
때로 울렸다 제 풀에 지던 전화
아이 손짓 이었나
요즈음 그 마저
울산 희, 절대 살아 있다
신념 나도 믿지만

살자
살아남은 자 승리한 자
승리 패배 간에 살아남아
지금 여기 행복하자

중국오지 기억하라
창녕 하계 봉사
솥 밑바닥 닦아내던 안 부잣집 셋째 딸 노랑 곱슬머리

갈색 눈동자
명상으로 에너지 충전하기
마음의 평강

건강 조심하고
지금 바로 여기서

다시 보지 못한다 해도 눈물 따위 비루한 것
흘리지 말기

오래 살아 좋은 本 보이기
어차피 인생, 홀로 왔다 홀로 가는 거
나의 길 천천히 걷겠다.

이상해

결석한 거부터
통화 안 되는 거까지
이상하다

보름 지난 지금,
약속 전날 대학병원 중환자실 식물 되어 있다는

맘 가는대로 넉넉함 내어주지 못한 품새
가시 되어 박히다

사랑 인색하던 여자
수치스럽다

이렇게나 환한 4월
너, 어드메 떠돌고 있느냐.

작약

작약 꽃 지다

품격 있게 떠나는 작약 보며 배우다

남루하긴 하더라도 비루하지 말기.

잠 못 드는 밤

잠 못 드는 밤 삼 개월 째
학창시절 시험 앞두고
보름 철야 했습니다
평소 탱자탱자 노니까요

경남여고 미화전 준비
한 달 밤 새운 적 있습니다만
이처럼
삼 개월 풋잠으로 보내보긴
처음 입니다

한국, 세계 속 지도자로 거듭날 수 있다면
일 년 덜 잔다 한들 못 버티겠습니까?

아무쪼록
통일열차 쉼 없이 달려
생전, 유럽행 기차 타고 이미륵처럼
독일 가 보고 싶습니다

제 나이 이미 일흔

마음 속 소망의 꽃 한 송이
올곧게 피어나기 기다립니다

외손주 김한, 통일 주역 될 것 믿으며
앞으로 백 년 내다보며

별아
조국 향한 기도 한 소절
올려주시기 바라 마지않습니다

의미 깊은 2021 한가위, 되십시다

사랑 합니다
행복 합시다.

장맛비 단상

어젯밤부터
장맛비 떨어지더니
밤 새웠다, 식구들 몰래

시린 새벽
뭇새들 재잘거리는 소리

새
울고 싶으면 울고
지저귀기 싫으면 부리 닫는구나

도꾸가와 이에야스처럼
기다릴 수밖에

장안사 맨드라미

도심 사라진 지 오래된 토종 맨드라미
닭 벼슬 같은 혀 내밀고

벌 날아들다
왕벌

호박꽃에도 벌 오는구나
아직 꽃
시들고 있는 꽃도 꽃은 꽃

논개 낳은 장안사, 오래 만 재잘재잘
짝지 희야

논개 몸 바쳐 떠내려간 강물 위 세월 간다
강낭콩보다 더 푸른 물결 위
양귀비보다 더 붉은 마음
분노 종교보다 더 깊은 논개

나즈막한 목소리
문학적 사회적 해박함,
언제나 그렇듯 오늘 참 좋은 짝

〉

빛
마른 삭정이 들풀
문득 돌아보면 현란하게 빛나는 잎새 무리
마른 나뭇가지 빛 받아 환희 떨고
유영하는 아찔한 빛 유희
마음껏 숨 들이킨다

빛과 소금으로 살라시던 스승님들이시여,
빛은 아니지만 소금으로는 살고 있습니다
삶 아름다운 것
몸소 체험케 하소서

바람
낮은 톤으로 솔잎 흔들어 오는 소리
때로 작은 파도처럼 찰랑거리고
때로는 자장가처럼 달콤하게 쇄 쇄 거리고
바람 없이 누런 갈잎 한 잎
제풀에 푸르르 지상에 몸 내리는 것 본다

억새
허리 꼿꼿 세워 바람에 몸 맡긴 채

눈부신 빛 잔치

하나하나 모두 도도함, 모여 포근함 이루는
화사함
불 가 사의 한 존재

다가가 억새 찍는 이상한 여인

꼿꼿한 억새 버려두고
활짝 피어 꽃씨 날리기 직전
다소 흐트러진 모습, 탐욕스럽게 찍어 대는
뒷모습 바라보는 者, 슬픔 일렁인다

혼자 호젓하게 내려오는 황홀경
마음 내키는 자리 앉아 하늘 바라기

...그곳, 장안사 맨드라미 있다.

여기 설악이 있습니다

울산바위 귀면암 비룡폭포

돌아오고 싶지 않습니다
그들 일부 되어
물방울로라도
설악에 남고 싶습니다

잔돌 되어
설악이고 싶습니다만

사랑과 소망
가슴 은장도처럼
품고
세상으로
돌아 나왔습니다

삿된 욕심 없이
보다
배우고 넓히고 높이고
인내하며

사랑 전하는
전도사 되고자 하노니

알고 지은 죄
모르고 지은 죄

모두
모두
용서하여 주옵소서.

좋은 사람 콤프렉스

좋은 사람 콤프렉스 벗어나야
좋은 엄마 좋은 아내 좋은 며느리 좋은 딸 되기 위하여
본인, 얼마나 망가지고 있는지

좋은 사람이고 싶은 욕심 버릴 때
인간, 자유로울 수 있습니다

당신 이미 좋은 사람
더 좋은 사람 되고자 하신다면
달리는 말, 채 찍 질 가하는
종내
말 쓰러지고 말 것

이 저녁
감히 말씀 드립니다
좋은 사람 콤프렉스 버리십시오.

태초에

어둠 있으메 빛 생겼다, 방금 깨달았다

태초엔 어둠만

하느님 빛 있으라 하메, 생겼다
LUMEN

어둠 먼저 있었구나

어둠 있어야
빛, 존재할 수 있구나.

별

밤이면 밤하늘
올려다보게
비너스와 아프로디테

사소한 별
보이지 않고
달동네
소소한 호롱불빛 조차
없다

서로 마주 눈 맞춘 적 없고
그냥 지금처럼
너,
너희에게
손 내밀어 닿기.

하늘

카메라 속 훑어보던
아이 말한다
하늘뿐이잖아

너야말로
하늘에 기도만 하며 산다메?

숲

플라타너스 잎맥 밟아 가노라면
깊은 수풀
무성한 초록 덤불 속까지
가늘고 질긴 물길
뿌리 밑 둥에서 걸러 올린 맑은 샘물
후미진 구석 숨은 잎새에도 실어 나르는

고운 그물 얽혀 설레이는 숲길
발부리 채이는 짧은 반짝임

흐릿한 숲 사이
초록빛 전설 흐르면
아차, 길 잃는다

푸른 공간
갇힌 듯 숨은 듯
향기로운 정적.

딸기 상자 밑에서

탐스러운
딸기 상자 밑에서
눈알 반들한
생쥐 한 마리
반지르한 진회색 털 기름지다
게다가
길고 날렵한 꼬랑지라니

눈 맞춤하고도
떨지 않는다
강한 응시
외려 눈싸움 걸어온다

하수구 근처 넘나들면서
어떻게 살아내는지

그날 이후
딸기
식욕을 잃는다.

추억 만들기

훈훈한 봄밤
딸 함께 산보하니
행복타

동산 높이 뜬 달
푸르도록 희고

잔물결 새기며
부는 바람
달다

어차피
인생, 추억 만들기
따스한 기억이면
더 더욱
좋고.

05

고 정학종 형

보다 7살 선배

경남고
부산대 건축공학과
부산대학 LUMEN : 장혁표 총장 지도교수
2기, 8기

살았다면 58세 되어있을
아니다, 재수했다 하니 59세 될

10년 전 한약사 시험 즈음, 간암

대학 일학년 19살 시절
존경하는 선배
영혼 울타리 쳐주고
마음 키 키워 준 사람

욕심 많은,
햇병아리들에게 많은 것 가르치려 든

선 굵은 선배

쌍꺼풀진 눈 크고 깊다
코 크고 눈썹 짙다

곱슬머리 숱 많은 머리칼 수시로 쓸어 넘기던
바리톤 음성으로 노래할 때
영혼 흔들려

음악사랑, 수시로 광복동 백조 다방

여자 친구 키워 형님에게 빼앗겼다던
여자 친구 형수님으로, 허전하게 웃던

하계봉사 동계봉사시절
사시사철 사 년 내디리 행사 때마다 한 아름 선물 함께
격려 질타 아끼지 않던

건축설계사 하며
옥이, 나 아낌없이 밀어주던

좋아한다 감히 생각해본 적 없지만
존경했던 것 같다

느닷없이 건축설계사 덮고
말단 신문기자 새로 시작할 때
얼마나 당혹 하였나
왜 그런 짓 하는지

기자 생활하는 그에게
생선초밥 얻어먹으며
옥이랑 나랑 셋 함께 보낸 저녁 무려 몇 날

누구에게나 열려있는 사람

선생 된 옥, 의사 된 원, 약사 된 경
학종 형
넷 차 마시던 백조다방

하고 싶은 것 무어냐
대답할 수 없다

아직 그것까지는 알 수없는 까닭에

헝클어진 청춘 한가운데 알 수 있는
약사 하고 싶지 않다
딱히 다른 대안 찾지 못한 상태
형,
대안 없다면 대안 찾을 때까지
약사 노릇 하라

얼치기 대학원 때려치우고
야인으로 본격적 중매시장 들어섰을 때

시민회관 오페라 관람 가는 中
숭배자 끼고 좌석 찾아가는데
은경아,

학종 형

부산일보 문화부 기자
오페라 아이다 취재차

아무렇지도 않은 듯 불러 옆 앉히고
근황 묻고 다른 아이들 근황 묻고 얼굴 살피고 웃는
여전히 곁 떠나지 못하고 미적거리고,
따뜻하지만 냉정하게
기다린다, 가거라

숭배자 아닌, 남자 만나
LUMEN 떠나던
27살

42살 다시 만나다
부산일보 뒷길
약간 취기 발갛게 상기된 채 또래와 풀려
허탈한 듯 허방한 듯 행복해 보인

언제나 먼저 알아보는데
이번에는
내가 먼저 알아본

달려가 어깨 툭 건드리고

장난기 발동 허리라도 감싸 안아 놀래켜 주고 싶은
얼마나 반가워 할 것인가, 특히나 동료들 앞
얼마나 자랑스러워할 것인가

갑자기 생각 바꾼다
만남, 좀 더 극적으로
신춘으로 만나리라
신춘으로 선물 주리라
언젠가 물음
신춘으로 답하리라
기다림 기쁨 배가시키리라

돌아선다
설레임 몸 떨면서

11월
LG 대리점 야릇하게 붐비고
기억나지 않는
일진 좋다
바쁘다

신문 볼 틈 없는
겨우 짬 내어 자리앉아
부고장
부산일보 장

한자로만 되어 무슨 말인지
모르스 부호 해독하듯 천천히
故 鄭 學 鐘 葬

운다
말 한마디 건네 본 적 없는
받기만 하고 돌려주지 못한
이제금 돌려주려 하나, 가버린

아무 생각나지 않는
그 날로 글 쓰지 않는

신춘 무엇인가
그 없는 지금, 신춘 무슨 소용

그 간 지 10년
아직도 생각하면,

훨 늦게 결혼한,
영원한 반쪽 찾았으리
음악 하는
나보다 어린 아내
꼭 닮은 딸 키우며
씩씩하고 장하게

혹자는 말한다
미인박명
그래, 아름다운 것 빨리 지는 법이지

나는 행복한 사람이다
아름다운 것, 곁에서 지켜본
그런데도 흐르는 눈물 막을 수 없구나.

중환자실

깨끗하고 부드러운 다갈색 흙
뚜껑 없이 네모진 흙관 속
사도세자처럼 반듯 누워 쉬려니
깜깜한 어둠 속 女 악귀들 닦달질

가문 없는 여자 들어오다닛
어둠 속 사방팔방 난리 벚꽃 퉁
무섭고 섬찟
기왕 들어온 거 같이 좀 썩어지자, 어림없다, 나가라

왝왝거리는
女 악귀들 떠밀려
흙무더기 손톱 파헤치며 휘둘리어
문득 순간 이동 청 푸른 타원형 대리석 신전 앞
언니, 조금 오래 기다렸어요

외계인 버얼써 들어와 러시아
묘하게, 반들거리는 까만 쓰개 덮개
눈알 하나

일본 진입
대마도 남겨놓고: 사실 우리 것
일본, 이미 침몰

산업폐기물 둥둥 떠다니고
버뮤다 바닷 속 집 하 장
진공청소기 핵폐기물 빨아들여
우주 블랙홀 보내 :
핵 부유물질
뒤범벅된 히드끼리한 바다

애타게 불러도
대형 크루저 해외 가족 여행 中
외롭다
서럽다

광안리 해운대 바닷가 달리던 울트라 마라톤 족
李, 해군 독도 입항 못한
在, 남북통일 임무 수행 대가 꽃잎

말더듬이 노래
훌륭하다 비닐 액자 속 같이 보관
비닐 포장 손톱 뜯어
숨 쉴 수

16세 178cm
중환자실 옆 침대
간절히 흔들리던 절반 이상 타 버린 촛불
성당 풍경 소리
땡~

배 은 경, 잘 가 라, 전광판 문자

이병헌 광해 할리우드 강타 조선 비치 화려한 축하연
유 병 근 선생님 함께 조촐한 신작 시집 출판기념회

LA 근해
식인 상어 하반신 뜯겨 먹이 던져 주고
상반신 겨우 건져, 살까 말까

일어나야, 의지 다지며
홍콩 공항 병원 응급실
오른쪽 13도 전방, 불안 초조
뭐하니
엄마, 엄마
수 엄마로 돌아와 주실 거 믿고 기다리고 있어요
사랑해요

이 년 육 개월, 혼수상태 깨어나지 않더라
옆 침대, 다섯 번 환자 바뀌었다
자지러지게 운다: 미안해, 돌아오기 조금 저어되더라

백두서 독도까지
제주서 대마도까지
후포서 울릉도까지 땅굴

북 광물질 백두 거대한 지하터널 속
시시각각 유럽 송출 긴박하게
경남여고 왼편 소나무 힐끗
서해안 전라도 끄트머리 대륙 탐색

마카오

최인호 선생 누부
또 다른 무엇
북한 항구 배 타고, 진 함께

2013. 9. 26. 금. 최인호 선생 별세
기억 속 이북출신 연변 말문 닫은 아부지
충격 돌아가셨는데
왜 대신 북 압송
끄을려 가는 건지
도무지 말 안 되는 머얼리 개 짖는 소리
컹

백두산 꼭대기 독도 살피고 대륙 보고
전라도 연해 중국 땅 뚫어지게

열, 중국인이지만 한국 참 선비 같다
자랑질
홍콩 공항 부산 돌아오는 비행기

사랑합니다
사랑합니다

그래, 나도 너희 사랑한다
그러나, 사랑은 이용하는 것 아니다
Love is not Use
Use is not Love

뼈아프게 내뱉으며
씹는 아이러니

흰 가운 의사 노란 가운 간호사
저승사자
미련 있나, 없다
뚱디, 향 뭉텅이 왕창 꽂는다, 입에

스파이크 야구 글러브
야구공 왼쪽 새하얀 벽 모서리 모질게 치고
벌떡 거칠게 오른쪽
분노

〉
영 시부 초상, 시모 다습은 위로
차라리 마음 받는
기실 시모 가시고 시부 살아 계신

서동 왕창 뜯겨 빈 터
오히려 2년 6개월 의식 잃다니

항상 마음을 닦자
안에서 새는 바가지 밖에서도 새노니

너무도 생 생 하여
아리다
시리다

당황하는 수 명, 믿고 응석 부리는 듯

이미 용서하였다
더는 얽히고 싶지 않다
용서하고 말고 할 자리 아닌
단죄는 창조주 몫

〉
추석 다음 날
낮잠 자다 배家 꿈
작은 진동기 부르르 떨면
두 발, 死 神 앞 모가지 드리워야
풍광 좋은 호수가 펜션
사장 교수 약사 목사 총장 컨 설 턴 터 백수
잠시 후, 팬티 왼쪽 진동 감지

읍 소 없이 편안히 묵묵히 드리운 모가지
死 神, 망나니 시퍼런 칼 내려치지 않는
2012년 11월부터 파노라마처럼?

양산 부산대학 병원 뜻밖 깊고 푸른 바다
한 가운데

살리겠다고 통통배 대절 독도 한 바퀴
큰오빠
땅 판 돈 조그마한 배

바다 유람 다들 좋아하는데

시큰둥한 사람 너밖에

독도 앞바다 휘돌아 나갈 때
이제 집안 주도권 민에,
독도 해양 경비순찰선 대장 되다

부산 주변 바다 풍광 중국 베트남 산처럼 몽환적
산꼭대기 솟은 탑 사방팔방 환상적 꿈꾸는 바다
흰칠한 바람
飛

탑 꼭대기 함께
칭송 비

李, 첫 시집
같은 시 동아리

청춘 대 스타, 기실 魔王
우주 어드메
태양 가려

그림자 해당 지구 모든 구역
결빙, 빙 하지

하얀 실크 장의자
하얀 옷
하얀 방
하얀 실루엣 모란 옆 수많은 목소리
엄마, 엄마
아들 많이 낳아
하나씩 나누어 주신 모양
주, 발밑 기쁨 만지고

왼쪽 구석 안 보이는, 목소리 제거 쮸쮸
엄마, 나 여기
캥~

당연히 천사
하얀 날개 달아 주던 천 사장 가브리엘

수정란 우주 한 바퀴 돌면 모두 남아男兒

유인 인공위성

캄캄하고 축축한 우주 공간

카오스 허무 휘몰아

햇솜 되어 돌아

나

오

기

도

* 도무지 소화라고는 안 될 것 같구나.
  이렇듯 난해한데 독자층이 읽어 주시려나.
  땅은 모래알처럼 빠져나갔으되, 배고픈 자들 밥 되었으리.

* 에필로그
  작은 오빠 배기성 교수. 2019. 7. 31. 새벽.
  별 되다.
  눈물의 기도 되다.

* 에필로그
  2022. 2. 26. 이어령 교수. 귀천.
  고맙습니다. 명복을 빕니다.

대영 박물관

〈눈〉
눈
외계인이라 믿던
눈만 살아 있는 조각 단면, 깊숙이
둥근 눈 째진 눈 날카로운 눈
심장 파먹는 듯

〈카르타고〉
바알에게 헌납한 석비
초승달 밑 기도 여인, 현대적 울부짖음

〈이집트〉
그들은 내세에만 신경 곤두세우고
모든 유물 사후세계 향한 염원
현세 살기나 했을까

〈바스테르 고양이 좌상〉
인상 깊은 암사자
무섭고 힘차면서 고요하고 자비롭다
고혹적인 도도함

막내 민지 태몽 하얀 페르샤 고양이
검은 고양이라면 더욱 카리스마
현기증

＊사자의 서

빳빳한 뱀 대가리 뚫어지게
대체 누구인가
가슴 서늘, 이름 모를 천재 이렇게나

이집트인 뱀 무엇인가
천경자 뱀 무엇인가
기독교인 배암 천적
개념 달리 해야

＊불행의 미이라

소름
허공 응시
건드리면 저주

4명 인간 죽이고 미국 운송 중
타이타닉호 침몰 야사
그녀 지금 허방한 것들 조소

＊ 미라의 초상

아름답고 온유
따뜻한 시선
검고 총명한 눈동자 지긋이
창백한 얼굴 보라색 망토 썩 잘
로마 200년경이라면 언젯 적?
가르친다
아등바등하지 말라
인생 짧고 역사 유구하다

〈그리스와 로마문화〉
＊ 디오니소스상

주신 다운 면모 강하게
한 손 굵은 포도송이

위엄 찬 자세 오만하게

술

현실 잊으라

제왕 제우스보다 매혹적

우리에게 술 주신

찬미하노라

* 영웅 하드리안 황제와 안티노스 반신상

황제 무인 용장

거칠고 과감하다

안티노스

얼마나 섬세하고 감각적인지

비너스 보다

여자 보다 우아하다

나일강 동행 길 황제 대신 익사 야사

신격화 시킨 황제 후행

대영박물관에 안티노스 만나러 온 것 같다

절절한 표정 세침하게 다문 입술선 전율

누구인가

미소년 이다지 처연하게 조각한

손

아름다움 사람 정화 시킨다 세세토록

그의 미모 하늘 주신

일찍 세상 떠난 것, 미모 지키려는 신의 축복

〈중세 유럽문화〉

＊그리스도의 형상

나의 예수 모든 진액 쏟고

십자가 위 축 늘어져

팔 없다

배 구멍 뻥 뚫려

갈비뼈 앙상하고 처절하다

고개 외로 꺾여

주여

무엇 위하여

지옥 같은 고통 극한점까지 허덕이며 가셨습니까

순한 목수의 삶 그냥 살지 않으시고

절절한
인간적 아픔 물밀듯
독하게 고독하고 외로웠을…
갑자기 행복하다
주여
감사합니다 평범한 삶 주셔서

〈르네상스 이후의 시대〉
＊신성하고 아름다운 루시아

거만하고 활기찬 여인
더이상 부러울 것 없을 화려한
눈썹 치켜 오른 품새 대단한
오만한 것도 아름다울 수 있다
세상 꽃 치고 아름답지 않은 꽃 어디 있나
소박한 것은 소박한 대로
교만한 것은 교만한 대로

아름다움, 여러 빛깔 무지개 같은
무지개 색깔 중 아름답지 않은 색깔 어디
새파란 양광도 시퍼런 암흑조차도
아름다움 변주곡
오만, 아름답지 못하다, 편견 버려야

* 사도 바오르

칼과 책 들고
더 이상 겸손 없다
권위 가득 터질 듯
눈, 지혜로 냉정
손 발 과장되게 크고 굵다
커다란 한 손 책 받치고
다른 손, 칼 누른 채 위엄 가득

누가 그를 겸손 가르치는 바올이라 하겠는가
카리스마 넘쳐 폭발할 듯
두꺼운 맨발 대지 굳건히 밟고
만만치 않은 나이임에도 전혀

곤피해보이지 않는
30대 장정 능가하는 꼿꼿함
정면 승부
모든 진액 쏟고 축 늘어져 매달려 있는
예수 전도하는 사람치고 너무 대조적
두 사람, 우리에게 무엇인가
이집트 내세만 이야기하고
두 사람 현실 속 굳건히 서
나는 누구인가

* 멜랑꼴리아

말하고 싶지 않다
취미로 멜 랑 콜 리 도는 사람 혹 있는가
주의하라
그녀 금방 당신 낚아채 늪으로 끌어들이고
잔혹하게 짓이겨
순식간, 비명 지를 겨를도 없다

* 라우바하의 초상

역시 뒤러 작품

지성적
야윈 턱 선 아름다운
눈알 맑고 투명한
얇은 입술 지혜로움 돋보이게
낮지도 높지도 않은 콧대
작은 귓바퀴 총명함 명징하게

정말 멋진
화가의 손 통해서 아니라
있는 그대로 만나
다소곳이 경청하고 싶다
특별한 언어, 감동시킬 듯

 * 자화상

렘브란트
자신 손으로 그린 천재
천재치고 예리하지 않은

오만하지 않은

고뇌 찬 눈빛
입술 거의 없어 보일 정도 앙다물고
둥근 콧마루 부드러운
어디에도 천재 날카로움 보이지 않는
모짜르트 예리한 천재 말고 온유한 천재도
잔 물결치는 곱슬머리 더욱
천재 모두 모난 정인 줄만 알던 者
신선한 충격

〈한국관〉
＊이재관 그린 유학자 초상

꼿꼿
다소 늙어 초라해 보일 수 있는 중년
콧대 높다
귀 크다
인품 넉넉함
여위고 대쪽 같은 성품 엿보인

구렛나루 속 입술 길고
앙다문 턱 선 단칼의 의지
눈동자 자애로움
사위어 가는 모습 고고한 학
고매한 인격

결국 관심 있는 것은 사람 뿐
새도 꽃도 소나무도
사람에 미치지 못한다

세상에서 가장 아름다운 것, 사람
하느님 형상 따 만든 존재
음악도 어느 것보다, 성악
나에게는 그렇다

〈인도 편〉
＊꽃 활짝 핀 나무 옆 독서 하는 젊은이
16세 아이 책 읽고
인도 제작
페르시아 회화 특색 뚜렷

〉

아무것도 모른다
오직 하나
우리의 미래 젊은이에 달려있다는 것
책 읽는 모습, 시대의 젊은이를 매료시킬 때
지구 미래 보장 된다

꽃과 새 사이 책 잡는 소년 소녀 늘어 날 때
한국 미래 보장 받는다, 감히 말하고 싶다

모든 것은 때가 있다
청소년 글 읽지 않으면 누가 글 읽겠는가

입술 당겨 문, 한 손 꽃 든 채 독서 몰두한 소년
새파란 눈동자
지구 미래를 본다.

북경의 저팔계에게

첫 해외여행 북경 택한
사오정
약간 촌스러운 복장 자네
곧 조선의 긍지로

83년생 흑룡강 너머 오지 출신
81년도 메리놀 병원 출신 아들 보다 훨씬
커 보이는
몸무게 탓만 아닐 것

오랫동안 모국 향해 애증의 시간 삭여 온 者
금방 알게 되고
일행, 모두 자네 그리워하게 되네

장가계 조선 낭자군
오똑 자리 틀고
련화 영민함에 지친
여행자들, 조선 남자 저팔계 조금씩 그리워

자네 만나면 고국 돌아가는 비행기 타리

정말 여행자 그리워한게
단지 고국으로 돌아갈 비행기?

아니고
짙은 사내 체취
다시 맡아 보고 싶어
한국에서 멸종되어가는 듯한
고구려 남아 기질, 조금 경상도 남아 기질

워낙 헌화가 많이 받는 체질, 헌화가 부를
고구려족 필요한가

다솔 문화인가
발해 문화인가
민속학 좋은 성과 빌며

아이들 장림 최화 흉내 내기
즐거워하는 것 보면 두 사람
인상 좋았다 뜻

북경의 밤 잠들 수 없어
마지막 날, 날밤 샜습니다

언제 다시 올지 모르는 북경의 밤
북경의 55일 펄벅여사 생각해서도
한국전 파견 산화하는
모 영화 종군기자
연인 맞담배 붙이던 장면 생각해서도

그냥 잠들 수 없지요

나에게는
중국 달려오고 있다 생각

1. 국가적 위기 상황
2. 중국 무차별적 발전 대비할 것

중국 일단 사회주의 독재국가
개발 독재 가능하지만 한국 불가능
관광특구 개발 (인명손상 입히면서도)

중국, 전폭적 지원 가능
한국, 도룡뇽만 죽어도 데모 하는 나라
국가 경쟁력 밀릴 듯

아무쪼록 현대, 북한
백두산 금강산 관광특구 밀어 부쳐
세계 관광특구 만들어 주기를

21세기 불가사의 장가계
무섭다
얼마나 많은 토족, 엘리베이터 만들며
죽어갔나

기네스북 오를 만한 높이 스캐일
21C 장가계 엘리베이터
7대 세계 불가사의 고대 만리장성

그 속 13억 인구 인간 생명 가볍게 보는
중국인 근원적
인간생명경시 풍조 보입니다

〉

이미 국제적 존재 장가계
한나라 통일한 두 재상 한신 장량 중
토사구팽 당한 한신 달리
멀리 떠나 천수 다하고 싶다, 목숨 구걸 장량
노후 안착 장가계張家界
경치 또한 절묘

그들 조상이나 그들이나
스캐일 장대, 중국인 따를 자 없다
잠깐

타산지석, 쓸만 한 것 쓰고 버릴 것 버려야
언제나 시퍼런 고구려 발해 후손, 청청 하십시오

여행 기쁨
조선족 긍지있는 젊은이들

자신 지키기, 가장 어려운 法
품위 있게 자라 주어 고맙습니다
여러분 위해서라도 남은 삶

세상 소금으로 살아보렵니다.

야시비

비 내리는 토요일
실비 적막한 운동장 돌아 나오던
전 국회의원 손숙미 울산 약사 박동희 금사 약국 배은경
경남여고 2-7, 반장 총무 미화 부장

학급 환경미화 토요일 늦게
교실 뒤 게시판 낡은 게시물 뜯어내고 정성껏
아트지 반듯 풀 붙이고 물 뿌리던
오랜 미화부장

경남여중 1-3 반장 김현우—수석
경남여중 2-6 반장 최혜화—이화여고
경남여중 3-6 반장 차성숙—경기여고
경남여고 1-8 반장 장원숙—부산사대
경남여고 2-7 반장 손숙미—서울대
경남여고 3-6 반장 김희주—부산약대

영어 숙어, 수 2 공식 게시물
손으로 때깔나게
그림으로 교실 장식

한 달 두 어 번 갈아 붙이며
소녀들 꿈, 영글어

작업 끝내고 나온 교정, 야시비
늦은 햇발 본관 정면 유리창
황금 빛, 황금거울, 황홀한 빛 반사
토요일 늦은 시각, 교정, 정적 속, 의연함
세 소녀, 숙연히 서
본관 전체, 황금건물, 묵직이 전하는
침묵의 음성 듣노니
사ー람 되ー라

야시비 내리던 교정
번개 맞은 소녀들
오십 년 흘렀으 되
마음 판 생생이 남아 묻노니

겨레의 텃밭, 되었느냐.

황산

십 수 년 전

비 오는 서울역 대합실 앞
비 내리는 광장 청기와 처마 밑
하얗게

오른쪽 높은 키스링 맨 者
말 건넨다
멋집니다

웨어 아 유 캐임 프롬
아이 캐임 프롬 황산
웨어 이즈 황산
전라도며 뇌리 훑어도, 황산 모른다
황산 이즈 인 차이나

광기
느닷없이 왼쪽 뺨 올려붙인
모르는 어느 곳엔가 다녀오는
품새 자극

감히 나 모르는 곳 다녀와?
뺨 감싸 안는 황망한 시선

낯선 남자 뺨 갈기는 것 본 남편 당황하며
무슨 일이에요

아는 사람이에요
히 이즈 마이 허즈
뺨 감싸 안은 채 고개 끄덕이던

황산 이름 눈에 띠일 때마다
비 내리는 서울역 처마 밑
교만하던 여자 생각
일상 속 느닷없이 바늘처럼 찌르고 나오는
기억의 습격
부끄러움

황산아
용서해다오.

이숙희 선생님

그녀 만난 곳 내 나이 17세, 고등학교 이학년
경남여고 구관

낡아 삐걱거리는 목조 건물
밤 사이
비둘기와 들쥐 사투 벌어진 잔해
들쥐에게 목 씹힌 비둘기
낭자한 피 흘린 채 널브러져 있기도
우리 비명 내지르며 의자 위 뛰어 오르고
관리 아저씨 서둘러 치워

그 봄날
선생님은 날카로운 비수처럼
한국외국어대학 불어불문학과 수석 졸업
모교 첫 부임

얼마나 무서운지
날카로운 눈매 차마 마주 볼 수 없어
아예 눈 내리뜨고

일 쁘레르 당 몽 까이에르

내 마음에 비가 내린다 싯구 마구 쑤셔 박으며
생경한 불어 첫걸음

– 지옥이 따로 있을까 –
불어시간은 지옥
돌이켜보면
내게 지옥, 다른 아이들에게는 불지옥이었으리

선생님은 가끔 눈물 글썽이며 창밖 바라보신다
우리, 묵묵히 고개 숙이고 있을 뿐
우매한 머리통 달고 있는 것 너무도 죄송스러워

그래도, 김지원
1973년도 부산 종합대학교 전체수석 김지원
부산 종합대학교 의과대학교 의예과 수석 김지원
전년도 예비고사 전국 수석 김지원
불어 발음 유창한 김지원

내가 말한다
지원이가 읽어 봐
선생님 기쁘게 해 드려

〉
선생님 말씀하신다
은경이가 읽어다오
네가 나를 기쁘게 해다오
헉

붉으락푸르락 낭송 마쳤을 때
엘리제를 위하여
종소리 대신 엘리제를 위하여 틀어주던

글 쓰고 그림 그리고
국제 펜팔

아이들 공부 할 때 살그머니 외출 도장 손바닥 찍어
수위 아저씨 보이고
중앙 우체국 나가 아르헨티나 필리핀
일본으로 소포

밤새 연재소설 써, 낮에 아이들 보여주면
참 많이 좋아라들
다음 전개 어떻게 되어갈지 궁금해
주인공 죽일 수도 살릴 수도 있는

나의 존재

해마다 겨울 경남여고 미화전
보름씩, 날밤
헤세의 방랑자 형상화 밤 꼬박 새우면
새벽 하얗게 밝아오고
전혜린, 강은교를 생각하다
취한 듯 가방 챙겨 학교 가면
가까운 놈 늘상 지각
교무실 앞 벌
오가는 선 생 님 들 마다 싱긋싱긋 웃으셔

미술시간 끝나도 화구 정리 않는
계속 가을
물 끼얹은 듯 조용
무엇인가 이상
수업 시작 시각 지난 것 같은
다들 어디로
문득 고개 들어 주위 살피다
이숙희 선생님 투명하고 깊은 눈동자 딱 마주쳐
윽,

＞
봄바람 같은 목소리
괜찮다, 그려라, 덕분에 나도 쉬자
그제사, 그분 나를 사랑하시는 거 알다

경남여고는 현재 묻지 않는다
남편 묻지 않는다
오직 과거 별들만 묻는다
기괴한 인간 군단
왜 날 즈네들 대표라는지, 알 수 없다
육년 동안 미술반장
교실 뒷벽 정리만 하던 사람

선생님 일 년 만
프랑스 유학

2월 늦겨울 교정, 운동장 한가운데 교탁
모래바람 심하게 불어
떨고
아니, 울고

울보 선생님

비상 같은 칼
매서운 겨울 모래바람

선생님 프랑스 주소 학교 게시판
당연히
펜팔광 편지질

선생님
루브르박물관
기라성 같은 화가들
세 느 강, 퐁네프다리 이름 없는 화가들
기라성 같은 문인들
콩나물시루 물 붓듯 퍼부으셔

파리 제7대학교 박사 졸업하시는 동안

문학도 아닌
미술도 아닌
의학도 아닌
약학에
나뒹굴어

〉

왜?
엄마 아버지 원하신
눈썹 날리도록 공부만
고삼 짝지 모른다, 미안하다
짝지 화학선생, 이십여 년 후
정신신경과 의사 되어

연세대학 천문 기상학과, 별 보고 싶지만
예비고사 180짜리
허영심에 때려치운

시험 허탈
공부하느라 아무것 못하고 보낸
지난 일 년 너무 아까워
마지막 한 과목, 못 칠 뻔

점심 먹고 여성잡지 빠져
시간 가는 줄 모르고
아차, 입실시간 놓칠 뻔
21번 종점에서 약대, 한달음

수험실
시험지 나누어 문제 풀고들
다행히 시험관 입실 시켜
15분 안경 김 닦기 숨 고르기

그때, 입실 못하였으면 인생 달라졌으리
약학과 수석
LUMEN과 의대만 바라보며 졸업

김 영 명, 편지
넌 미스터 굿바를 찾아서 주인공 같다
미스터 굿바 수입되기 전
말하는 바 알 수 없어

제주도 신혼여행지 불란서로
행복하다
1980년, 금성사 사원이던 남편 따라 서울行

신혼 어느 날, 귀국 전시회
이숙희 따뻬스리 전
불문학 가신 분

〉

덕수궁 4살 된 첫아이 손 잡고 남편 함께

내면 샅샅이 알고 계시는
만나고 싶지 않다
그렇다고 안 만날 수는

덕수궁 전시관
웅대하고 장엄하고 엄격하고 단아하다

이럴 수가
다른 사람도 아닌
나의 모든 것 아시는 선생님이
내 것 빼앗아 가시다니

울컥, 무엇인가 속에서 치밀고 올라
그대로 돌아 나오고저
인사 없이 사라지고저
소리 없이 사라지는 별 얼마나 많은가

질끈 마음 동여매고
새하얀 전시장 둘러보니, 네모 속 왼쪽 모퉁이

조그마한 여성 한 분, 조용히 따삐스리 작업中

선생님
접니다
뵈옵고 싶지 않지만 왔습니다

잘 왔다
안 올지도 모른다 생각했는데 잘 왔다

남편 악수
민수 한번 안아주고 헤어진

너무 조그마해진 그이 마음에 걸려
영양제와 빈혈약과 아미노산제
다시 덕수궁
너의 남편은 눈꽃 같은 사람
한 마디
그 뒤 우리 편지질 끝나

1988년 3월 釜山行
1997년 휘청거리고

〉

선생님, 국제신문 논설위원
경성대학교 교수 겸하시고
전 경남여고 총동창회장 전상수 선생
논설위원장

국제신문 논설위원실
이미 경남여고 44회 동기회장
총동창회장이신 전상수님 부르심 응답 않고
돌콩으로 살고 있을 때

까만 미니스커트 파란 반팔 정장 상의
고동색 커다란 가죽 네모 가방
까만 생머리
아무렇게나 대충 그린 화장
완벽한 보험 아줌마

까짓것
그런데, 나 때문에 선생님 부끄러우시면 어쩌누
선생님 벌떡 일어나
안아 이끌어 전상수 선생 앞으로
"배은경, 경남여고 제자 입니다."

〉
전상수 선생 엄청 바쁘셔, 힐끔
아, 열심히 사십시오!
예, 열심히 살고 있습니다!

자기 자리 앉히시고
동인 함께 만든
양 왕 용 교수님 축하 글 담긴 시집

찬찬히 읽으시고
책 덮으시며
훌륭하다,
족하다

부산문화회관, 박경랑 살풀이 관람
박경랑, 딸 김민정 한국무용 선생님
민정, 한국춤 가르치자시던

육식 좋아하지
"예."

너는 나와 똑같다

늦기 전 정치 시작해라
40 전 정치 입문 하거라
모든 것은 다 때가 있다
Y든 약사회든 구의회든 어떤 경로로든
정치 입문 해라

너는 정치적이다
에너지 제대로 발산 못하여
휘청거리는 거다

문득, 수정초등4 담임선생님 떠올라
동래고보 출신, 친정엄마 전영옥 선생 친구
안 쾌 환 선생님
"은경아, 연세 정외과 가거라."

돌아와 진지하게 말씀 전할 때
중2 민정

엄마, 스승의 말 다 듣지 마세요
스승은 자기 못다 이룬 꿈, 제자 통해 이루고자 하는 거
예요

그 말에 현혹, 가정 잃지 마세요
후회하게 될 거예요

딸 말 접수
15년 내 밑에서 자란 딸
나, 가장 잘 아는 딸
딸, 포기하라면

2002년
노 약 모 운동 가던 아침, 전철 안, 기묘하게
배은경 장혁표 선생님 이숙희 선생님
두 분 다 사랑하는데, 두 분 서로 경원하시는 듯

무슨 상관,
두 분 다 존경하노니

이숙희 선생님
조선의 딸
프로방스
제7대학 졸업하시는 동안
청혼 한 푸른 눈, 어찌 없으리

〉
나는 안다
그이, 푸른 눈 거절하고
표표히
호올로
한국, 부산으로 돌아오신 것
꼿꼿이
아마조네스 꿈 꾸 며

그러나
아마조네스 생명에서 오고
생명, 사랑으로부터 오는 것

부산 답답하지 않으냐 우문
가꾸기 나름, 현답 주신 당신

초원약국에 있음 아시면서
한 번도 찾아주시지 않는
어디선가
지켜보고 계시는 당신

배은경, 집요한 사람

한번 찍은 사람 절대로 놓지 않는
인간 낚는 사람
17세 은경이, 당신께서 그렇게 키우셨습니다

이제
누가 무어라 해도 나의 길 가나니

아버지 안 계시고
어머니 이미 늙으셨고
딸아이도 제 발목 잡지 못하노니

선생님 앞 떳떳하게 서렵니다
살아만 계십시오!

* 노약모: 노무현을 사랑하는 약사의 모임

부산약대 21회 졸업 40주년 기념여행

3/18. 토.

부지런한 태호 조금이라도 먼저 초봄 제주 만나러
오전 7시 비행기 먼저 가노니
균제헌최진경홍희점철혜 오후 3시 비행기
도란도란 좌석 앉아보니, 75년 초봄
설악산 수학여행 기억 오나니
친구들과 좋은 여행...설레도다

제주공항 도착하자, 오전 출발했던 두 친구
"부산약대 졸업 40주년 기념 추억 공유"라는
노란 병아리색 대형 플랑카드 반가이 맞아오노니
전세버스 기사님도 엄청

제주 북서쪽 더듬어보겠다는 산 대장 말씀
가까운 도 두 봉 한 바퀴 돌아 나오나니
길 정갈하고 또 푹신
잘 정돈된 계단 바닥 난간들
여기, 바로 관광 제주

산 언덕배기 이십 대, 벤치, 뒷모습 찍고 계시고

남 하는 건, 다 해 봐야지요
우리도 삼삼오오 앉은 채 뒷모습 찍기
진솔하고 꾸밈없는 뒷모습, 각자 생각 잠기기

해 지노니, 조금 걷다, 마린보이 횟집
즐거운 식사 중 제주도민 언 합류 : 점 태 주
노형성당 저녁미사, 7시 비행기 희 박 태우고 콘도행
술잔 돌리며 이야기꽃 피우고도 사뭇 미진 노래방
올 봄부터 운영한다는 귀뜸, 올 해 오기 천만다행
아름다운 목소리, DJ 환 발굴

3/19. 일.

제주도 세계지질공원 트레일 수월봉 코스 엉알길
차귀도 앞 만덕식당 늦은 아침 애월 한담 해안도로
도로 옆 낮은 파도 고만고만한 갯바위
촤르르 촤르르 속살거리고
하늘 맑고 바람 상쾌하노니
깨어나는 제주 봄빛
에머랄드 빛 일렁이는 제주 봄 바다

김대건 신부 표착기념관 조우
샹하이에서 제주 잇닿았다는
김신부 쪽배, 라파엘, 경이로움
몽상드 애월까페 차 마시며 사진 찍기 하하하 웃기
동화 속 세상 더럭 분교 방문 사진모델 놀이 호호호 웃기

삼별초 항쟁 기념 항파두리 항몽 유적지 방문 역사복습
강화에서 제주
조선 넘어 고려 또
대한민국, 항몽 사십 년
시공 초월한 역사, 낮은음으로 말씀 걸어오나니
만감 어린 묵념

이른 저녁식사
광평도새기촌 오겹살 구이 고소하고 맛깔나게

용두암 Y자 만들며
또, 해 지노니
개와 늑대 시간
하여, 우리들
토박이 제주 유지 언, 선물 한라봉 상자씩

오늘로 돌아오나니
벗님네들아, 귀한 시간 함께 해주어 너무나
고 마 우 이.

결혼 25주년이란 선물

7월 20일자 결혼 25주년
은혼식 거창한 선물 주고받아야, 미리 부추기고
선물 따위 관심 없는 나는 호사스러운 이야기들
한쪽 귀로 듣고 한쪽 귀로
어제 오늘 같고 오늘 어제 같은 데 선물, 무슨 선물

27살 철없는 처녀 아이 6월에 만나 20일 만 결혼
완벽한 아내로 살아내느라 버린 것 얼마

진주고교 출신 남정네 따라
낯선 곳 주거지 훌쩍 옮기며 처녀 시절 깨끗이

종종 동아리 남자 친구
과 동기 남자 친구
오빠 친구 보고 갔지만
이름 없는 여인
약사 배 은 경으로만

25년간
민수 엄마, 김영명 아내로만 살아온 세월

세 아이 엄마 엄격한 자기 통제
만들어 놓은 조롱 속 작은 새, 종종거리며
집과 약국
욕심 많다 시누이 말 한쪽 귀로 흘려들으며
외곬 수 앞만 보고

친정엄마, 김치 담그는 모습 경탄
여자 친구, 콩나물 무치는 나 신기한 듯
너털웃음

교감 선생 출신, 친정엄마 인생 本
그녀 살아온 방식, 세 아이 거름
썩으려 안간힘

남편 한발 뒤 걷는 여자, 평생 꿈
고목 매미처럼 매달려 사는 것, 평생 의지

결혼 25주년
남편 앉혀놓고

– 이제, 인간 배은경으로 살고 싶어요

나를 놓아주세요
누구 엄마 아닌, 누구 아내 아닌,
누구 딸 아닌, 누구 며느리 아닌,
인간 배 은 경으로 살고 싶어요 –

자유 선언, 고뇌 찬 승낙
부산고교 21회 수정회 회장에게
아내 입회시켜달라 전화
(큰오빠 친구들 부산고교 21회 수정회 조직 난 공주 출신)

생각해보니 발목 잡은 者, 남편 아니다

나 자신 스스로 발목 잡고
전 근대적 의식구조
결혼함으로써, 혼 전 인간관계 정리
교육받은 도덕관
남편, 나 잡고 있던 거, 전혀 아니다

 30년 전 진보된 사고방식 소유자, 이럴진 데, 보통 여인
네들 오죽하랴
 요즈음 여성들 어떤 사고방식으로 살고 있는 지

문득, 궁금

아무튼, 친구들아, 오빠들아, 자유를 얻었다!

25주년 선물 가장 큰 것

이제 인간 배은경으로 살아갈 것이다

어두운 곳 들여다보며
밝은 곳 그늘 만들어주며
즐거운 마음으로

사랑으로.

별 이야기

배은경 시집

| 시집해설 |

기억현상학적 시 쓰기
– 그리움과 상처 그리고 치유

양왕용

(한국현대시인협회 이사장, 부산대 명예교수)

기억현상학적 시 쓰기 – 그리움과 상처 그리고 치유

– 배은경 제3시집 『별 이야기』의 시 세계

양 왕 용

(한국현대시인협회 이사장, 부산대 명예교수)

배은경 시인이 제2시집 『낙타의 저녁』(2015)을 낸지 7년 만에 제3시집 『별 이야기』를 낸다. 지금까지의 시에도 배 시인의 삶의 궤적이 간혹 나타나 있었으나 이번의 시집은 그의 삶 전체가 짙게 나타나 있다. 어쩌면 배 시인도 이제 60대를 넘어 70대로 가까워져 지난날을 뒤돌아보고 있다는 증거가 시 속에 녹아 있다는 것을 알 수 있다. 시집 편집 순서와는 다르게 나타나 있으나 유년의 기억부터 대학시절 그리고 결혼 이후의 30–50대 시절의 기억들이 작품의 군데군데 나타나 있다. 그 기억들을 어떻게 시로 형상화 하고 있는가에 대하여 살펴보기로 한다.

유년 함께 하던 수정동, 수정산

마산 완월초등, 부산 중앙초등, 부산 수성초등,
부산 수정초등, 경남여중, 경남여고, 부산약대

경여중 앞 4-5미터 떨어진 골목 안

개천 돌아 나가는
우물 끼고 앉은 기역자 기와집

해바라기 무화과나무 사철나무 울타리 치고
채송화 사루비아 다알리아 아마달리스
장미넝쿨 아아치 꽃밭 가꾸시던
아
버
지

새장 비둘기 곁
경여중 비둘기 날아 깃들고
누렁이 토종개 엑스

마루 올라서면 멀리 혹은, 가까이
아스라히 부산 앞 바다

오빠 둘 여동생 하나 남동생 하나
아이 다섯 엄마 아버지
아이들 돌보아주던
엄마 전영옥 선생 고모
건천할머니

소박하고 소담하던
방 세 칸

수정산 오르내리며 행복하고 다사로웠던 유년

그리움으로 돌아 봅니다

-「수정동」 앞 부분

인용시 「수정동」에서 우선 배 시인은 유년 시절부터 대학 시절의 공간들이 절제된 시어로 잘 제시하고 있다. 이 시의 전체적 구조로 볼 때에 배 시인이 어른이 된 시점에 어린 시절 살았던 수정동의 뒷산인 수정산을 오르내리며 유년의 기억을 순차적으로 되살리고 있다고 볼 수 있다.

첫 연의 경우 한 행으로 수정산이라는 공간을 제시하면서 '유년 함께 하던'이라는 수식어를 붙여 앞으로 시적 전개가 시간적 순서 즉 기억현상학에 의존할 것이라는 점이 예견되고 있다. 둘째 연의 경우 배 시인이 마산에서 초등학교 시절 아버지(다른 작품에서 전매서장인 것이 밝혀지고 있음)와 교사인 어머니와 함께 부산으로 전학을 와 3개 초등학교로 옮겨 다닌 것과 그 당시에는 명문이던 경남여중과 경남여고를 졸업하고 부산대 약대를 다닌 학력 사항이 두 행으로 제시되어 있다. 셋째 연의 경우는 세 행으로 살던 집의 위치와 구조를 간결하게 제시하고 있다. 이어서 넷째 연에서는 정원과 꽃밭을 가꾸시던 아버지의 모습이 제시되어 있는데 아버지를 한 글자 한 행씩 총 3행으로 따로 표현하여 아버지에 대한 그리움을 형태주의 수법으로 극대화 하고 있다. 다섯째 연에서는 집에서 키우던 비둘기와 토종개를 제시하면서 그들과 함께 했다는 것을 강조하고 있다. 또 여섯째 연에서는 마루에 올라서면 부산 앞 바다가 보인다고 하면서 그 기억이 가까이 보이기도 하고 멀리 보이기도 한다고

하여 불확실성을 암시하고 있다. 다음 일곱째 연에서는 배시인의 부모와 자신을 포함한 5남매, 교사로 출근하는 어머니 때문에 가사를 돌보는 어머니의 고모인 건천 할머니가 함께 생활하였다는 점을 간략하게 밝히고 있다. 화자는 가족의 서정적 정서들을 형태주의 기법의 도입으로 강조하거나 유년 시절 집에서 기르던 동물까지 함께 하였던 것을 강조함으로써 유년 시절의 그리움이 간절하다는 것을 보여준 것이다. 이렇게 많은 식구에도 불구하고 방 세 칸의 소박하고 소담했던 집이라는 것을 여덟째 연에서 밝히면서 인용한 부분의 미지막인 아홉째 연에서 비로소 그 시절에 대한 배 시인 자신의 정서를 '다사로웠던 유년'이라고 긍정적으로 인식하면서 그리워하고 있다.

인용하지 않은 뒷부분에서도 '수정동'을 배 시인 자신의 '정서적 고향'이라면서 좋다고 하고 있다. 이렇게 배 시인의 기억의 현상학은 밝고 긍정적으로 출발하고 있다.

유년 보내던 수정동 달동네 언덕
부산진 몰 몬 교회 잇닿는 좁은 골목

작은 몰몬교회에서 영어회화 목적
대학생
선교사와 서툰 회화
서울대 연세대 부산대 이화여대

엘 더 겜 머는 왜 제게만 여러 질문 해댔던 걸까요
프리즈 미스 배

프리즈 미스 배

프리즈

눈빛 맑고 서늘하던 엘 더 겜 머

지금 어디서 어떻게 늙어 있을까요

그립습니다.

엘 더 겜 머 그리운 것 아니라

사무치게 아름다운 청춘의 푸른 흔적 그립습니다

저무는 가을 쓸쓸하게 부는 다사로운 바람 하암께

수정동 달동네

잘 마른 낙엽 잎맥같이 소담한 골목들

곳곳마다 묻어 있던 사유의 파편들

몇몇 대학생들

귀갓길

함께 언덕 올라 주었습니다

누구에게도 안착하지 못하고 진주로 날아갔습니다

루멘인들

약대인들

사회인들

몰랐습니다

사랑, 무언지 통 몰랐습니다.

- 「몰랐습니다」 전문

인용 시 「몰랐습니다」의 경우는 유년 시절에서 한참 시간이
경과된 대학시절의 에피소드가 시적 제재로 되어 있다. 부산진
몰몬교회 선교사에게 서울대, 연세대, 부산대, 이화여대 대학
생들이 아마 방학 때에 그 교회에서 영어회화를 배웠던 것 같
다. 70년대 초반에는 이런 일들이 많았다. 그 가운데 셋째 연
과 넷째 연의 몰몬 선교사에 대한 기억들은 이 작품의 전체적
구조로 볼 때 일종의 반전의 역할을 하고 있다. 배 시인은 선교
사 엘 더 겜 머가 자신에게 관심이 집중되었다고 회고하고 있
다. 그런 후 그 선교사가 '지금은 어디서 어떻게 늙어 가고 있
을까요'라고 하면서 선교사에게 관심을 돌린다. 이렇게 되면 독
자들은 배 시인이 혹시 선교사를 그리워하고 있는 것은 아닐까
하는 생각을 가질 수 있다. 그러나 배 시인은 그 다음 연인 다
섯째 연에서 이 사실을 부인하고 있다. 선교사가 그리운 것이
아니라 '사무치게 아름다운 청춘 흔적'이 그립다고 하면서 다음
에피소드를 전개한다. 경남여중 근처의 자기 집과 달동네의 몰
몬교회 사이를 몇몇 대학생들이 배 시인을 바래다준다는 핑계
로 같이 걸었다고 회고한다. 그러나 그 대학생들은 배 시인의
선택을 받지 못하고 필자의 5년 후배인 진주고등학교 출신인
현재의 남편 김영명 후배와 결혼하게 되었다고 고백하고 있다.
이어서 열거되는 루멘인들, 약대인들은 결혼하기 전에 만난 많
은 사람들이다. 그러나 그들에게서는 사랑을 발견하지 못했다
고 진술하고 있다. 이런 점에 이 작품은 배 시인의 '청춘의 흔

적'에 대한 솔직한 고백이라고 볼 수 있다.

필자가 이렇게 계속 배 시인의 시집 해설을 하게 된 데에는 김영명 후배와의 인연과 그 헌신적이고 선량한 성품에서 필자가 감동한 탓도 있다. 배 시인은 고려대 법학과를 나온 김 후배와 결혼 후 후배의 대기업 직장 생활로 서울의 약국을 경영한 적도 있고 김 후배가 갑자기 직장을 그만두고 대리점 형식의 자영업을 할 때에는 너무나 많은 고생도 하였다. 그러다가 오래 전부터 오히려 김 후배가 배 시인의 정신적 상처와 약국 경영의 어려움을 뒷바라지 하면서 헌신하고 있는 점에서 앞에서 언급한 것처럼 필자는 감동하고 있다.

다음의 작품은 앞에서 말한 어려웠던 시절의 소회를 시로 형상화한 작품이다.

하여,
여름 끝내기로

중3 막내 데리고
광복절, 해수욕하기
부모가 자식에게 줄 수 있는 것 추억뿐
알면서
아무런 추억 함께 못하고

유치원 시절부터 시작된
부부 유랑 생활
삶의 곡예

〉
전매서장 딸 교감 선생 딸 회사원 아내
43년 살아온 나
남편 퇴직 청천벽력

그날부터 시작된 삶의 수레바퀴,
수십 년 써오던 일기 절필하게 하고
기억 앞뒤 뒤섞어

알콩달콩 키워보려
닮은 딸 기도하며 얻은 다섯 살 딸아이
졸지에 혼자 나뒹굴고
부부, 엘지 대리점, 근무 약국
마른 낙엽처럼 몰려 다녀

어미, 아이 옆 남편 걱정
남편 옆 아이 걱정
아무 곳도 안주 할 수 없어

돌이켜 생각하고 싶지 않은 징그러운 사십 대
차라리 죽고 싶던 치욕의 사십 대
모멸감 속 하루를 살고
이렇게 고통스러워도
해 뜨고 진다는 것 깨달으며

– 「해수욕」 전반부

앞에서 언급한 대로 김 후배는 그 당시만 해도 좋은 직장이라는 대기업 LG전자에 근무하였다. 그러다가 어떠한 연유인지는 알 수 없지만 갑자기 퇴사한다. 그 때의 배 시인의 충격과 그 뒤의 분주한 삶의 모습을 앞에 인용한 「해수욕」의 셋째 연부터 여섯째 연까지 형상화하고 있다. 그러면서 일곱째 연과 여덟째 연에서 상처투성이 40대의 그 신산한 삶에 대한 현재의 소회를 시적으로 밝히고 있다.

이 시는 첫째 연과 둘째 연에서 그러한 분주한 삶에서 어느 정도 시간이 지난 뒤인 막내가 중학교 3학년이 된 여름 어느 날 그에게 추억이라도 만들어 주기 위하여 해운대 해수욕장에 갔던 기억부터 시작하여 셋째 연에서 과거회상으로 돌아간 구조로 되어 있다. 인용하지 않은 뒷부분에 그날 파도가 심하여 고생하였으며 오른 쪽 손목도 삐게 되었다고 기억하고 있다. 말하자면 막내에게 추억을 만들어주기 위하여 간 해수욕이 배 시인에게는 오히려 고통스러운 하루로 남아 있는 것이다. 그러나 그는 이러한 고통을 이 시의 마지막 연에서 신앙으로 극복하고 있다. 그 부분을 인용하면 다음과 같다.

주여!
저에게 고난 주시 되 견딜 능력 허락하여 주소서
작은 것 감사 할 줄 아는 참 인간 되게 하시며
제게 주신 소명 몸소 깨닫게 하시고
참으로 쓰임 받는데
두려움 없게 하소서.

　　　　　　　　　　　　　－「해수욕」 마지막 연

이렇게 젊은 날의 상처를 신앙으로 극복하고 큰 병마도 이겨
낸 배 시인의 나이도 이제 60을 넘기고 70을 앞두고 있다. 지
금은 과연 어떻게 일상을 보내고 있는가 하는 의문을 풀어줄
시 한편을 인용해 보기로 한다.

아침 산책길
낙엽 공중 떠 있는 것 봅니다
놀라운 장면이라 가까이 다가가

거미줄 노랑 낙엽 붙들고
낙엽, 사선으로 길게 늘어진 거미줄
손목 발목 잡힌 채
바람 따라 핑글핑글 공중회전돌기

잠깐 순간
노랑 낙엽 눈물

낙화마저 마음대로 못하게 하는
창조주 섭리

얽히고설킨 인연, 거미줄
깨끗이 정리 후 만날 수 있는 별리

십 년 전 작별 없이 떠나려는 者
지상으로 돌려놓은 건 다사로운 우정이었다는 것
거미줄과 노랑 낙엽 보며 깨닫습니다

>

예,

벗 더불어

그분 부르시는 날까지 최선 다해

서럽도록 아름다운 만추 즐기며

무릇

지킬 것 중 가장 귀한 것, 마음의 중심

기쁨과 사랑

하루하루 소중하게 매만지며 살겠습니다.

－「다짐 2」 전문

　인용시 「다짐 2」는 아침 산책길에 거미줄에 걸려 공중에서 회전돌기를 하고 있는 낙엽을 발견하고 그것을 통하여 배 시인 자신 특히 10년 전의 투병에서 회복하여 오늘날까지 살고 있는 의미와 앞으로의 삶의 지혜를 발견하는 작품이다. 이 작품에서 배 시인의 사물에서 발견하는 삶의 지혜는 누구나 발견할 수 있는 인식의 과정은 아니다. 즉, 그가 오랫동안 시작을 해왔기 때문에 발견한 소중한 선물이다. 따라서 그가 '어처구니없는 일' 혹은 '황당한 일 벌리는 것'(「詩作」)이라고 자조적으로 인식하고 있는 시작행위는 결코 부질없는 것이 아니라는 점을 충분히 증명할 수 있는 작품이 바로 이 작품이다. 필자는 이 작품에서 배 시인이 가지고 있는 신앙과 시작행위로 인하여 만년의 그의 삶이 더욱 원숙하고 보람 있을 것이라는 예감을 발견한다.